上海诗词

上海诗词系列丛书

二〇一七年第一卷·总第十五卷

上海市作家协会 / 主管
上海诗词学会 / 编

主编 褚水敖 陈鹏举

上海三联书店

丛书编委会名单

顾 问
周退密　盛亚飞　臧建民　方立平

主 编
褚水敖　陈鹏举

副主编
严建平　谢　巍　胡中行　刘永翔
齐铁偕　汪凤岭　胡晓军（常务）

编 委
（以姓氏笔画为序）

刘永翔　齐铁偕　陈鹏举　汪凤岭
严建平　胡中行　胡建君　胡晓军
姚国仪　祝鸣华　聂世美　谢　巍
褚水敖　楼世芳

卷首语

恰也是"三种境界"

● 褚水敖

一位好友激励我，说今年是上海诗词学会成立三十周年，我是会长，应该对学会的生涯有所评述。这让我为难了：回眸学会历程，千姿百态，得如何评述才好？

忽然想起王国维的"词中三种境界"。那是王国维对着"古今之大事业、大学问者"，拈来宋代三位大家的词中名句，道出他的高远向往。三十年来，上海的旧体诗词从创作到评论，因为多方发力，呈现出越来越兴旺的面貌。这种现象，喻之为创造着"三种境界"，我觉得十分恰当。

第一境，语出晏殊《蝶恋花》："昨夜西风凋碧树，独上高楼，望尽天涯路。"上海诗词学会成立以来，绝大多数会员的精神指向与心灵归宿，可谓"独上高楼"。"独上高楼"是为了"望尽天涯路"：综观文化发展的长河巨浪，汲取传统文化的神韵灵性，腾挪胸中翻滚的意象之波，表现当代生活的多姿多彩。上海诗词学会前进的脚印，是伴随改革开放的步伐同时留下的。开始的时候，参与者多是离退休老同志。后来，会员的平均年龄逐渐降低，如今则是老中青皆备，最可喜者，涌现了许多具有诗性心灵甚至才气纵横的青年诗人。不论年龄大小，诗人们大都追求着一种精神高度：凭借诗词的激情与想象力，滋润并净化自己的心灵，守望道德情操，提升审美素养。岁月悠悠，新作不断，诗人们站在高处，望向远处，自然造成了上海诗词的崭新气象。

第二境，语出柳永《凤栖梧》："衣带渐宽终不悔，为伊消得人憔悴。"由于工作关系与兴趣爱好，我和上海许多喜爱旧体诗词的人士经常接触。大家在一起，总要相互倾吐诗词写作的甜酸苦辣。由于旧体诗词面临的窘境很难改变，想要通过诗词写作而扬名图利，毕竟是难上加难之事。据我所知，我们学会的会员一般都没有这方面的功利欲望，而是把诗词视为自己的精神寄托，当作一种关心生活、修身养性的手段。而且还有一个具体的目标：努力使自己的作品越写越好。不过，在我们的队伍里，灵感频生、出手即是佳作的诗人到底少数，多数会员都是在诗词的荆棘路上披荆斩棘，以苦为乐。含辛茹苦包括苦思冥想之后，诗思终成佳构，这对自己是内心的欣慰，对社会则是积极的贡献。"借问形容何瘦生，只为从来作诗苦"，无名无利，诗却求好，苦则苦矣，无怨无悔！一旦诗词新作发出了夺目光芒，乐就在其中了。

第三境，语出辛弃疾《青玉案》："众里寻他千百度，蓦然回首，那人却在，灯火阑珊处。"当代诗词事业的发展，就全国的趋势来说，有一个从蓬勃兴起到渐次壮大的过程。上海也是如此。如今，我会已有注册会员八百多人。会员们创作的旧体诗词的数量与质量，列于全国诗词之林毫不逊色。但会员们并不因此而自鸣得意，大事张扬。在我的办公室和书房里，有许多我会会员赠送的诗词集。不少诗词集质量上乘，但大都不是正式出版，而是自己出资印制，只供内部交流。"人生得一知己足矣，斯世当以同怀视之"，许多上海旧体诗人都怀着这样谦虚质朴的想法。这其实是一个值得注意的文化现象。由此我想起陈思和、胡中行两位教授在《诗铎》里阐明的一个观点："……旧体诗词作为传统文化的一个重要组成部分，作为现代人的一种文化素养，能够如涓涓细流绵延不绝。这便是我们的办刊宗旨。"比起洪波大浪，涓涓细流流于边缘，却有它自身的美好。灯火阑珊处，亭亭玉立者，也是窈窕美人啊！

目录

卷首语

1　褚水敖

诗脉承传

纪念上海诗词学会成立三十周年

2	胡宇锦	11	莫　臻
4	李建新	13	孙琴安
6	陈鹏举	16	孙　玮
8	茆　帆		

风采张家港

20	褚水敖	21	陈繁华
20	李建新	22	王耕地
20	蔡慧蘋	23	冯　如
21	邓婉莹	24	杨毓娟
21	沈沪林	24	张志坚

海上诗潮

26	陈鹏举	31	姚国仪
27	刘永翔	31	刘永高
27	齐铁偕	32	范文通
28	胡中行	33	姜玉峰
29	叶元章	34	王铁麟
29	金持衡	34	蔡慧蘋
30	何佩刚	35	孙　玮

目录

35	黄　　旭		66	贺乃文
36	邱红妹		67	施提宝
37	袁拿恩		68	卞爱生
38	喻石生		69	朱强强
38	邵征人		69	曾小华
39	吴定中		70	陈嘉鹏
40	张才得		70	高鸿儒
41	张文豹		71	黄心培
41	胡树民		72	王　　惠
41	袁定璇		72	陈耔澐
42	王汉田		73	卢　　静
42	徐非文		73	张　　静
43	邵益山		73	裘　　里
44	王义胜		74	郭四清
45	张佐义		75	金苗苓
46	成德俊		75	董　　良
47	董佩君		76	谈俭华
48	陈建滨		77	陈剑虹
48	陈繁华		77	华锡琪
49	黄福海		78	周樑芳
50	冯如		78	何全麟
50	陈　　青		79	高　　刚
51	廖金碧		80	钱海明
52	陶寿谦		80	郭幽雯
52	刘喜成		81	楼芝英
53	裘新民		81	郑荣江
53	纪少华		82	曹　　森
54	徐登峰		82	贾立夫
55	汤　　敏		83	张宝爱
56	金嗣水		84	王伟民
57	史济民		84	钱建新
58	倪鼎琪		84	束志立
58	洪金魁		85	刘贵生
59	季　　军		86	张涛涛
59	周洪伟		86	夏建萍
60	王永明		87	吴承曙
61	沙润和		87	王德海
61	顾士杰		88	庞　　湍
62	吴家龙		88	刘绪恒
62	张亚林		89	虞通达
63	邢容琦		90	季肇伟
64	顾建清		90	张冠城
64	倪卓雅		91	苏开元
65	张晴怡		92	沈钧山
65	袁人瑞		92	蔡武国

目录

93	王金山	107	潘承勇
93	胡向东	108	刘笑冰
94	董明高	109	沈 珩
94	张志康	110	范立峰
95	李枝厚	110	周融江
95	李文庆	111	马双喜
96	张忠梅	112	吴祈生
97	胡 息	112	钟从军
97	沈志仁	113	王旭班
97	顾方强	114	陈晓燕
98	余致行	114	杨志彪
99	方建平	115	朱来扣
99	姚伟富	115	刘国坚
99	蒋 铃	116	郦帼瑛
100	周贤彭	116	江沛毅
100	陈绍宇	117	赵 靓
101	曹祥开	118	乔晓琼
101	卢景沛	118	陈京慧
102	王先运	119	顾 青
102	倪源蔚	119	沈志东
103	申宏伟	120	苑 辉
104	单超君	120	张勇桢
104	古开烈	121	时 悠
105	雷新祥	121	王海燕
106	孙余洪	122	李小锦
106	陈昌玲	122	梅莉莎
106	张真慧	123	卢 浥
107	郭云财		

风云酬唱

元旦心情

126	褚水敖	126	姚国仪
126	陈思和	127	徐非文
126	胡晓军		

立春集句

128	吴定中	128	黄思维

3

目录

霜林集叶

130　周　华

诗社丛萃
华兴诗社简介及作品选

138	殷荣乐	141	李亦雄
138	高　刚	142	邱红妹
138	徐兆凤	142	陈剑虹
139	曹　森	142	周洪伟
139	马经纶	142	周珠英
139	马树人	143	施提宝
139	王金山	143	谈俭华
139	陈文萃	143	黄荣宝
140	陈石年	143	董　良
140	陈依心	144	张雪芳
140	杨荣春	144	张亚林
140	姚伟富	144	蔡武国
140	黄　旭	144	金云澄
141	卞爱生	145	虞通达
141	王德海	145	魏仁国
141	成　濂		

云间遗音

148　何新扬

九州吟草

162	冯其庸（北京）	164	李光龙（江西）
162	苏些雯（广东）	164	周谊平（陕西）
162	叶其盛（广东）	164	韦大龙（贵州）
163	张顺兴（吉林）	165	潘海源（广西）
163	范晓莲（福建）	165	薛维敏（新疆）
163	闵济林（江苏）	165	张珊丹（浙江）

观鱼解牛

168	施卉	181	傅震
173	胡中行		

诗脉承传

〔纪念上海诗词学会成立三十周年〕

诗词，我们拿什么来爱你

● 胡宇锦

每年春暖花开时节，上海诗词学会都会邀请去年的新进会员，聚在一起，品茗叙谈，谈自己的创作或研究、入会后的愿望和要求，谈对诗词的理解与认知、对学会的建议并期待……茶话会的形式虽然大同，内容却非小异，不同年龄、不同行业、不同文化背景的人们抒直言，听心声，见性情，诗意和理趣齐发，情感与思想共生。

通常情况是，茶话会的前半小时，由于彼此不熟，大家略显拘谨；渐渐地，当话题从自我介绍转到诗词之美时，气氛就活跃和浓烈起来。这种气氛越来越活跃，越来越浓烈，于是素昧平生的人们仿佛成了相见恨晚的朋友，甚至成了早已结识的老友。我想，这不能不归功于诗词温暖人心、维系人情、沟通人思的魅力，也即孔子说的"诗可以群"。

上海诗词学会成立至今已三十年了。三十年来，学会通过创作、研究和普及三条路径，努力把中华诗词的优秀传统继承下来、发扬开去。为此，学会不仅邀请诗词专家加盟，更是吸纳社会各界的诗友参与，尽可能地推动当代诗词创作从圈内向圈外、从小众向大众拓展。近些年来，申请入会的人数逐渐上升，其中年轻人明显增加，无疑是诗词文化环境向好的兆头——诗词的鉴赏者和创作者多起来了,学会的知名度和凝聚力大起来了。当然,会员多作品多并不一定意味着人才多精品多,当代诗词创作的未来,还是任重而道远。而实现彼此沟通、相互交流、提高共识、加强团结,是最首要、最初始的工作。

新会员中,老年、中年和青年人的想法及表达颇有不同。老年会员着重表示对诗词的敬畏,他们深知传统博大精深,愿将写作诗词作为晚年精神生活的重要内容;中年会员注重对传统的继承,他们认为诗词典雅高尚,应在延续文脉的前提下作出新的创造;青年会员大多表示对诗词的倾慕,他们觉得诗词是汉字最美的表达方式,是当代年轻人最好的表达方式,包括生活、事业和爱情在内。尽管他们所说重点不同,但对诗词的爱是一致的。

新会员们不仅说,而且吟,纷纷用自己的原创作品表达上述思想和感情。这是茶话会的最精彩处。有人说自己是怎么爱上诗词的:"从来爱读古贤诗,上口朗朗诵可持。"又是如何写上诗词的:"字面寻常成妙句,心头突兀有清思。"有人说自己是怎么学习经典的:"起承转合从天籁,平仄调和仿大师。"又是如何渐入佳境的:"仄平难锁胸中磊,对仗无妨肺腑奇。"有人说自己是怎么入会的:"良朋携我入诗门,别有洞天寻本真。"又是如何期待未来的:"结识贤能增学识,遨游文苑领风骚。"有人道出了自己的焦虑:"吟哦日浅韵文疏,入会登堂愧艺粗。"有人倾诉了创作的艰辛:"推敲平仄索词句,常是搜肠夜不眠。"更有人表达了成功的欣悦:"佳句得来心自喜,恍若登山上峰巅。"尽管他们的经历很不相同,但"盛世应多骚客出,春风杨柳又逢时"的理想则是一致的。

每年春天的新会员茶话会,气氛都是暖暖的;每位新会员说的话、吟的诗,意味都是悠悠的。我想,正是他们道出了对诗词的爱,更道出了拿什么来爱。为什么爱呢?天然的兴趣是第一层原因,真诚的敬仰是第二层原因,继承与创造是第三层原因。拿什么爱呢?感性是必须的,理性是必须的,感性和理性的融合更是必须的——快乐着并思考着,创作着并研究着,奉献着并收获着……

回忆胡邦彦先生

● 李建新

我于1999年进入上海诗词学会工作，2002年正式成为上海诗词学会会员。非常幸运，我通过在学会工作和学习的机会，认识了几位德高望重的诗词前辈，这是我加入诗词学会最大的收获。上海诗词学会顾问胡邦彦老先生就是其中的一位。

胡邦彦先生是一位非常可亲可敬的老人，满腹诗书学问，为人却非常谦和平易，很关心年轻人。记得我们去他府上看望他，老人当时已经87岁高龄，但精神矍铄，说起诗词歌赋来，滔滔不绝，侃侃而谈，他的记忆力非常强。他常常会把他在报纸、刊物、电视荧屏上发现的错别字，一一讲给我们听。他总是带着镇江口音说道："了不得，了不得，这么多错别字怎么办哪！"

我们多次去胡老家，见老先生吃的住的都很简单，家里没有奢侈的摆设，四面墙都放着书橱，橱中满满的都是书。老人风趣地说："我很有钱，我每月的工资总是用不完，用不完就说明我很有钱嘛！"

他对待我们工作人员非常客气，不管向他请教什么，他都循循善诱，诲人不倦，语气都很谦和。每次我们去看他都要买些水果之类的东西，他总是说："我们生活很简单，吃不了很多东西。你们来我已经很开心了。"

老先生是非常非常纯真的人。他家里除了书多，就是名贵的纸多，包括乾隆年间的宣纸。但他写信用纸很节约，说读书人一定要爱惜纸张，绝不能糟蹋。他书柜边上有个存放大大小小纸张边角料的器具，平时写信就用这些边角料的纸张，连信封也是自己裁剪粘贴。他在粘贴邮票时都非常认真，一丝不苟，邮票端端正正贴在信封的右上角，一点不歪不斜。他说这是对人家的尊重。

胡老对于社会风气追求奢华很是忧心，他对于青年人很关心并且寄予厚望，我曾见到他用毛笔写了几句话送给一个工作人员："比流行时装鲜明耀眼的人，丑些好；比满头珠宝浑身名牌的人，穷些好；比开口恶开（OK）闭口败败（BYEBYE）的人，土些好；比百事精通处处占便宜的人，拙些好；比安富尊荣成天享乐的人，苦些好。"胡老把"丑穷土拙苦"称作"五字诀"。他就是这样一个可爱的老人，处处关心和爱护青年一代的健康成长。

有一次我们去看胡老，他拿出一个镜框对我说："这个送给你留作纪念。这纸张是乾隆年间的宣纸，我抄写了四首步唐伯虎诗韵的绝句。"镜框里装裱精美的书法就是他在这张名贵的纸上工工整整抄写的自己的诗作，字迹遒劲有力又清秀隽美。我当时非常感动。胡老鼓励我好好学写诗词，还将这么珍贵的礼物送给我这个无名小卒。

老人虽然在十多年前已经离我们而去，但他的言谈笑容，依然留在我的记忆里。他送给我的墨宝，依然挂在我的客厅里，我将永远的珍藏。

诗词的当代性问题

● 陈鹏举

上海诗词学会成立 30 周年了。我和学会的关联是后 18 年。很荣幸 18 年来，我一直参与着学会的领导工作。同时也很惶恐，较之学会前 12 年的前辈领导和会员，我们这一茬是十分羸弱的。

18 年来，我一直在想一个问题，那就是诗词的当代性问题。这个想法起先是一闪而过，后来是认真了。起先写诗词的人极少，如今好多好多。当代性的问题自然就有实践可以检验了。

文言文系统的诗词在当代为什么还活着？当代的李白和杜甫又会怎么写诗？这些问话，还得从诗词本身找答案。

诗词是什么？更确切地问，该是："诗是什么？"诗词本原上就是诗，词只是"诗之余"。中国从来是诗的国度。诗是写意的思维。别小看了"写意"这两个字，它是中国文化的核心。中国人从来认为，人对于天地的探索，永远无法穷尽。而人心和天地一样，也永远可以探索。选择人和天地合一的思维，是中国人最勇敢和最智慧的选择。无法穷尽的探索，只有写意的思维，才是与之契合。于是产生了写意的中国字，产生了甚至不在意语法的写意的文言文。而这样的写意的文和字，最美的成果，就是诗。

由此可知，诗是有关或者说直指人心的。那么，既然人心是永远的，诗就可能和必然出现在任何时代。所以诗，先秦有，汉代有，唐宋有，明清也有，而且都是那么好。史实表明，"唐诗宋词元曲明清小说"这种文学史观，是缺乏常识的。中国文学史，说到底就是人心的历史，诗的历史。明白了这一点，就可以理解，李白和杜甫的诗，为什么还活着；文言文系统的诗词，为什么还活着。这也表明，当代诗词还该是有关和直指人心的诗词。由此可知，一些年来，一些诗词作者在他们的作品里，努力吸纳当代出现的新名词，企图从诗的外观上，显示当代性，是舍本求末，不明智的。

每个时代会出现属于这个时代的诗词。人心的景象，人的生命和人生的景象尽管相同，人所经历的时代却是不同的。即使是同在唐代，盛唐的李白和中唐的杜甫，两人的经历也是不一样的。所以他们的诗，不仅是所谓的诗风，即使同样是悲欢，两人的感受也是不一样的。文学和艺术，都是有当代性的。譬如，我辈写诗人，写出的诗，无论好坏，都只能是当代人的写作。这里说的诗词的当代性，是说当代诗词可以写到什么样的高度。李白和杜甫出生在唐代，他们就成了我们所知的这样的诗人。如果他们出生在先秦或者是当代呢？肯定不是这样的李白和杜甫了。但他们一定是他所处的那个时代的李白和杜甫。每个时代人才出生的比例差不多吧？李白和杜甫这样的天才诗人，每个时代都是可以有的。

那么，当代的李白和杜甫又会怎么写诗？或者说，他们该是怎么的一些人呢？

我想，他们的诗，会写出心在当代的喜怒哀乐，心的痛快和旷远，写出当代人伟大和崇高的心的景象。要写出这样的诗篇的人，他们可能是横空出世的状态，但他们一定热烈地上溯过中国写意的文和字的起点，一定有过对天地和人生的高冷思考，也因此他们是性情丰满和心地宽厚的人。

我期待这样的诗人出现。

三十年前，我加入了诗词学会

● 茆 帆

> 多谢栾君画牡丹，书家笔下迥非闲。
> 青莲夙有花王癖，词谱清平崇醉颜。

这是著名女诗人朱蕴辉老人在三十年前写给我的诗。1987年，我在朱蕴辉老人的推荐之下，加入了上海诗词学会，成为上海诗坛大家庭中的一员。

上世纪80年代初期，我在静安区政协艺校兼任书画并进班教师，朱蕴辉老人的女儿孙定慧是这个班级的大班长。从她那里，我逐渐了解了她的母亲是一位很了不起的诗人。蕴辉老人字梅云，号龙吟馆主，1916年生于上海，十七岁学骈散文，二十二岁毕业于上海正风文学院中国文学系，后从钱小山先生研究诗词。曾任世恩中小学校长十余年，并自设诗社教授诗词，1983年被上海市政府聘任为上海市文史研究馆馆员。

蕴辉老人非常重视女儿——也就是孙大班长的书画学习，从她女儿那里看到了我写的字、刻的印、画的画以及画上的自题诗，大班长告诉我说，妈妈很赞赏老师的多方面涉猎。孙班长还多次带来了老人题赠我的诗，对于老人的谬赞，我自然是不敢当。老人是一位真正的诗人，在她的眼中，没有什么东西是入不了诗的，她的内心满溢着诗情，口中笔下，出来的自然便是诗句。她曾有《自嘲》诗：

"片刻即成十首诗，难忘积习自嘲痴。"中外古今，大事小事在老人的笔下无一不能成其为诗材，平生创作诗词难计其数，搜集刊印的就有《诗史录》《古今伉俪录》《莎氏乐府本事诗》等等。蕴辉老人更擅长按谱填词，较其诗作，更显得温文典雅，顾盼生情。

  1987年的某一天，大班长给了我一张上海诗词学会会员登记表，说是蕴辉老人要推荐我加入学会。我拿着表格却拿不定主意，于是专程去找苏渊雷老先生，想听听老先生的看法，老先生的态度很明朗："好的，好的，可以多多学习嘛。"我很崇敬苏老，喜欢听苏老浓浓的浙南腔吟诵诗词，觉得浙南腔的吟诵比我父亲山东腔吟诵的要好听得多。苏老和蕴辉老人一样，怀着一颗诗心，勃发着无处不在的诗情。从他们身上，我明白了，并非懂点格律，能写几句诗，就能配得上"诗人"这个称号。除了"诗心""诗情"之外，前辈们说的"诗思""诗意""诗才"，诸如此类汇拢起来，才可以塑成一位"诗人"。我自愧未能像前辈们那样具足这些资质，因此我对于蕴辉老人推荐我加入诗词学会真是拿不定主意。听了苏老的话，我才恭恭敬敬地填写了那张表格。

  于是，我就成了上海诗词学会的会员了。听副会长杨逸明先生说，我在1987年填写的这张上海诗词学会会员登记表，现在还保存在学会的档案资料里。回想往事，朱、苏二位老人俱已作古，所谓"墓木已拱"，令人怅然。

  1997年10月23日，在豫园古戏台举行的上海诗词学会国际研讨诗词吟唱会上，蕴辉老人写过多首律诗和绝句，其中一首写道："美国诗人咏李诗，举头望月动乡思，唐音远播大洋岸，欧亚吟声神韵怡。"想必当时应该是非常热闹的情景，可惜我未能躬逢其盛。那时也不太可能会全程录音录像，否则在上海诗词学会的档案资料中，一定会成为浓墨重彩的一页。

  我记得曾经为蕴辉老人画过一幅荷花图，上面题有自己写的不像样子的诗句。荷花是我很喜欢画的题材，也陆陆续续地写过几首"咏荷"，在此，我想抄录其中一首，用它来向蕴辉老人汇报一下，看看我在这三十年里是不是有了些许长进——

> 从自濂溪传诵后，比肩名卉起纷论。
> 无关富贵缘风骨，得似清奇附月魂。
> 碧宇下谁非过客，凡尘中莫枉称尊。
> 可怜一夜轻狂雨，摧落红妆满地痕。

迎春总念根基好

● 莫　臻

> 迎春总念根基好，早晚花开难计较。
> 三宝常修精气神，苍松雪岭闻谁老。

早晨，海上还徐徐飘散着轻柔的雪花，不到中午便转为一片晴空丽日，清澈的水面倒映着疏朗的红梅，就这样，送走了多年来少有的暖冬，迎来了丁酉新春，恰逢上海诗词学会创立三十年，颇有雄鸡一唱天下白的意境。三十而立，立三十而春满园，全赖其根深本固。三十年前，革命前辈、上海作协亲植小苗——上海诗词学会，凝聚着中华文明的骨髓、改革开放的精气，诗人词友的神韵，办会者的爱的奉献，上海市作协及社会贤达的鼎力相助，可谓五根相生，基因卓越，方能够遇冬不疆，迎春绚烂，虽是苦心经营，却也道法自然。

何为学会？梦未醒时一念闪过，方便说，大概就是"学一点、会一点"。学一点则不亦乐乎，会一点更不亦乐乎，"得一善，则拳拳服膺，而弗失之矣"。记得学会里一位老者说起，他大学里学的是中文专业，但格律诗词的平仄韵脚是退休后学得的。似乎表明上海诗词学会也是一所学校，默默植根于国人心中，延续着上下五千年华夏文明的血脉。历史上我们这块土地曾被尊为诗的国度。不学诗无以言，曾为君子所惶恐。而在现代社会，在充满变幻、诱惑和拼争的大潮裹挟下，许多人要忙着做更急、更有用、更爽快的事，赋诗填词在人生计划表上往往排在退休以后。当然也有不少中青年不满足碎片化的快餐文化，着意诗词的欣赏、学习和创作。复旦一位女青年在中华诗词大赛中夺冠，可见一斑。中华文化命根很硬，烧不绝，砍不断，骂不倒，她像一个家，你可以走得很远、很远，但是你终究还得回来，尽管没人责怪，但内心总有些许遗憾。只要爱根、护根、扎根、健根，早晚花开难计较，都是好的。

研习和创作格律诗词既是一种享受，也是一门功夫。这种享受不像看电影，而是长效的，因此很多名作千年传诵。说到功夫，恐怕没什么捷径，很难快速山寨克隆。格律诗词是整全性真善美文化涵养的结晶。否则不要说写，可能连看都看不懂。天有三宝日月星，人有三宝精气神。要达到"享受—功夫—享受"的境地，可能需要"三宝常修精气神"。上海诗词学会创立的三十年，也是大家修炼的三十年。学会的工作人员都是自发的公益服务，而且知常容，容乃公，公乃全，全乃天，天乃道，道乃久，因此全无文人相轻之酸气，大家坦诚直言，和而不同，众人拾柴火焰高。

格律诗词是中华文明大厦中的一颗珠子，匆匆过客大都视而不见，但这颗珠子为全球所独有，既有用，也无用。说有用，且不谈古人，毛泽东同志的《沁园春·雪》，当年在重庆谈判时占据了多大的文化主动优势。习近平同志1990年词作《念奴娇·追思焦裕禄》，当干部的如果好好看看，也好修德勤政，免得牢狱之灾。说无用，为稻粱谋确实无甚大用，但无以为利，有以为用，无为用的前提，无用之用实乃大用，而且首在立人，人立而事可为。说到建党一百年和建国一百年的事，苏联没能挺过去，我们则要实现中华民族的伟大复兴，这当然离不开文化，而文化离不开格律诗词。因此说，苍松雪岭闻谁老。

愤怒出诗人，盛世也出诗人。诗人和社会都需要诗词学会。上海诗词学会三十年一路走来，芳草青青，下一个三十年定会繁花似锦。

天涯无客不思归

● 孙琴安

1996年6月下旬的一个傍晚，天已炎热，我正在家帮妻弄晚饭，忽然接到上海台联打来的电话，说台湾诗人林恭祖来沪，点名要我马上去银河宾馆晤面。我一听是林先生，立刻打的飞奔而去。

我和林恭祖结识于1991年夏，中国在马鞍山首次召开李白国际学术研讨会，除了日、韩诸国，港、台地区也来了不少专家。林恭祖便是其中之一，也最有意思。论年龄，他是我的前辈，又是台湾国立故宫博物院的教授，但他丝毫没有教授的架子，在年轻妻子的陪同下，所到之处，都是他风趣的谈话声和快乐的笑声，并引得大家哄堂大笑。妻子要他少说几句，根本管不住。他还是一味地嘻嘻哈哈，谈笑风生。可他的诗实在写得好，七律《春节怀大陆》当场就把我镇住了，特别是其中的颔联"今夜失眠非守岁，天涯无客不思归"，更令我反复吟咏，赞叹不已，把他乐坏了。从此便开始了我们之间的诗词交往。

到得银河宾馆，毛时安等已先我而到。大厅里已是高朋满座，热闹非凡，当中高悬着横幅"丙子端午纪念屈原，海峡两岸诗人联吟大会"。在觥筹交错中，工作人员好不容易把我引到了林恭祖那一桌，他正乐不可支地谈笑着，一见我便说："哇！你还是那么年轻。"接着便把同席的台湾诗人一一介绍给我，记得有钟莲英、绿水等，互相敬酒的尚有吴剑锋、詹森田、郑尚淮、宫荣敏等。从他们的交谈中我才知道，这次联吟大会是由上海诗词学会和上海作家协会联名向台湾中华汉诗学会发出的邀请，也是上海诗词学会第一次举办的两岸诗词交流盛会。结果由吴剑锋任上海访问团团长，率领了27位台湾诗人来沪，阵容极其强大。这也是海峡两岸诗人的第一次联吟大会，陈立夫、辜振甫、宋楚瑜等台湾政要都题词祝贺。而林恭祖则是访问团的秘书长，难怪他容光焕发，满面春风，左顾右盼，应接不暇。

散席以后，他和绿水又把我引入他的房间，继续交流，并给我看他此次与会新写的诗作，即以原（纪念屈原）、源（追寻中国文化根源）、圆（促进海峡两岸早日统一团圆）为联吟主题写下的三首五律，我一看，虽古朴浑厚，但用典太多，语意欠晓畅。他见我不吭声，又给我一首五古长篇，写鸦片战争以来中国深受外来侵略的屈辱史，爱国之情充溢其间，他得意地说："你看我写得怎么样？"我点点头，刚要开口，他又说："有些人看了我这首诗伤心落泪啊！"我说："此诗功夫甚深，也有杜甫的沉郁顿挫，可谓大作力作，但我还是喜欢你的《春节怀大陆》。"

他笑了："我知道，你就是喜欢其中的两句。"绿水忙问："哪两句？"我便朗声吟道："今夜失眠非守岁，天涯无客不思归。"绿水忙说："这诗我知道，的确好。说出了大家的心声。"此时林恭祖忽自言自语地说："这次我又回来了，可惜我妈不在了……"

我一时不知所云。后来才听说，林恭祖写《春节怀大陆》是有原委的。他是福建莆田仙游人，辞亲离家赴台后，母子几十年隔海相望，音讯全无。每到除夕，更是思念母亲和家乡的亲人。好不容易等到可以赴大陆探亲了，他满心欢喜，自以为此次总可以与母亲团聚了，不料到了家乡，才知道自己朝思暮想的老母亲已在前两年去世了。闻此噩耗，林先生嚎啕大哭，哭得天昏地暗，撕心裂肺，肝肠欲断，一连好几天茶饭不思。痛失亲人，不能尽孝，实为人生一大憾事！

李商隐有诗说："人生岂得长无谓，怀古思乡共白发。"自从听了这个故事，我对林恭祖《春节怀大陆》一诗似乎有了更多的理解。每到除夕，在电视里看到海外华人迎接春节的欢庆场面，就会想起林先生，想起他的这首诗，想起其中的不朽名句："今夜失眠非守岁，天涯无客不思归。"

诗脉承传

聊慰苟且任发呆

● 孙　玮

不久前的某一天深夜，忽接一位久未谋面的朋友来电，劈头一句："格记侬写额诗要'火'咪……"恰好准备洗洗睡了，借这机会对着镜子细细打量了一番自己，终于还是颓丧地承认：就在下区区这副尊容，天庭难称饱满，地阁不够方圆，文不能走上诗词大会接"飞花令"，武不敢"穿过大半个中国去睡你"，虽然诗还经常写几句，但实在是跟"火"也沾不上半毛钱干系的。实在要说，倒还是跟"水"更亲近些，可以让我继续洗洗睡了！

洗罢靠在床头，忽尔想起了高晓松的名句："生活不只是眼前的苟且，还有诗和远方。"对我来说，眼前虽也未必尽是苟且，不过四十岁以前，写诗，倒还真的多是在去往远方或者从远方归来的路上。

记得那次是在新疆，我独自行走了半个多月，返程时，天山忽降暴雪，航班延误直至午夜。终于可以登机了，才发现偌大一架空中客车，有耐心等到最后的不过七人，可恨一个个看起来还都不像是剑客的样子。茫茫夜色，漫天风雪，一架远行的客机在苍凉的大漠上空掠过，像极了远征的孤鸿。于是斜靠在机窗边，写下了"暂别天山雪，欲拈青海云。星河垂寂寥，大漠起氤氲。空客九霄外，孤鸿万里分"这前三联。正在思量尾联时，飞机忽然巨震，随之上下颠簸了数分钟之久。惊慌过后忽然想到，是不是敦煌已近，飞天夜舞？于是尾联"飞天若有意，为我一挥裙"也就这么"一震定音"了。

又或是在深秋雨夜的长安，一个人漫步于蜿蜒斑驳的古城墙头，凭栏远眺，在昏黄街灯的映照下，满城的梧桐落叶飘摇纷飞，分明又是当年贾浪仙笔下"秋风生渭水，落叶满长安"的意境。痴念一起，便也化身为一片落叶，辞别了碧宇傲枝，随着这秋风夜雨，翻飞于秦楚吴越。夜愈深，人愈静，终于捡得了这阕《疏影·落叶吟》：

　　无边岁月。自恨辞夜雨，鱼雁都绝。寄意萍波，空许芳尘，任我飘摇吴越。繁霜渐迫红衣冷，算渭水、几番云别。又灯昏，邻笛依稀，旧事却邀谁说？

　　遥想当年顾盼，傲枝探碧宇，兰桂堪折。玉露金风，何处相逢，恰在瑶台仙骨。蝴蝶梦里凉初透，漫道是，深情难阕。和雪泥，拌入凡心，化作一炉香屑。

　　就这么走一程写一程，艾丁湖的夜月、牧羊沟的晨曦、红螺山的落日、栖霞寺的晚钟……虽难发狠白马投荒而去，却能一路捡得小诗归来，捡着捡着，竟也有了百余篇。

　　近些年来远行得少了，坐在阳台上发呆的午后渐渐多了。还记得二十年前，授业恩师王铁麟、蔡慧蘋两位先生举荐我加入上海诗词学会时，王先生曾问过我的一句话："你写诗是为了什么？"说句老实话，这个问题，愚钝如我，至今也未能想得通透。或者如一位前辈所言："现在还在写诗的人，大坏也坏不到哪里去，值得交个朋友。"

　　我也确实因为写诗而有幸拜识了不少富学养、见性情的前辈师友。记得数年前，曾跟随杨逸明、姚国仪两位先生，一起去探望当时已年近九旬的叶元章老先生，又应叶老之提议，一起去登门拜望已近期颐之年的周退密老先生。就在那个老式小洋楼飘着淡淡药香的冬日午后，前辈学人们的一言一笑，让我真正体会到了什么叫如沐春风。聊毕临行，周老亲手奉送签名诗集，坚决送大家到楼梯口，并一直目送来客走出大门才转身回房。出得门来，素性诙谐的杨逸明先生笑问：今天你跟着两个"奔七"的老头，接上一个八十多的老头，一起来看了个九十多的老头，感觉如何啊？我虽笑而不答，却暗暗觉得，周老、叶老都是诗坛耆宿，非但丝毫没有大牌做派，且待人接物之周到、言谈举止之谦和，让我这个后辈小子顿生钦敬。原来诗，远能记游，近可养人。

如今，当年一起写诗的朋友，有的到了彼岸，有的身在远方，还有的，或已只剩下了苟且。我也在远方与苟且之间，觅得了足够发呆的三分之地，余愿足矣，洗洗睡罢！

风采张家港

● 褚水敖

香山感吟次万华先生凤凰古镇诗韵

挚友相携别有神，幽情万丈洗风尘。
劳君造化生清兴，凭我河山作主人。
气荡诗群书卷气，身栖香国玉仙身。
光阴纵是频催老，不改红心内里醇。

● 李建新

榜眼府

孝行旌表尚镌墙，德有余馨更绕梁。
榜眼府中瞻仰久，杨门代代出贤良。

咏绿桂

小蕊逢秋收敛香，生来淡定不张扬。
让他金桂和银桂，我自天然素淡妆。

● 蔡慧蘋

柳梢青　恬庄古镇

黑瓦乌墙，红灯串串，掩映乌窗。石板长条，纵横岁月，恁诉苍茫。　豆花磨得芬芳，惹人处、圆炉饼香。榜眼庭园，孝廉门第，古镇恬庄。

圆炉饼为拖炉饼，张家港的特色美食。

柳梢青　梁丰生态园爱晚亭

觅觅寻寻，穿东走北，爱晚相逢。木柱闲亭，双层檐角，六面窗空。　四围高树环笼，凹低处、秋声送风。残叶飘零，回头蓦见，一树枫红。

鹊桥仙　绿桂

三权干合，横枝叶小，簇簇粟如新蕾。几疑春色入园来，省识得、梁丰绿桂。　　见过银桂，见过金桂，馥郁浓香甜醉。何如清气暗盈怀，冻云后、冰绡烟翠。

● 邓婉莹

过张家港恬庄古镇

偶抛俗务向苏南，云水沙洲一镜涵。
鸟逐人声喧旧巷，风衔日影落幽潭。
有心寻慢光难驻，随处论诗茶亦酣。
谁道弦歌知意少，微灯照月此心谙。

● 沈沪林

张家港采风

一

恬庄古镇忆蹉跎，追慕前贤欲放歌。
读罢刻墙旌表句，顿教游客涌心波。

二

揽胜听歌访凤凰，浩然之气也清香。
深山游客寻幽境，绿桂秋来正傲霜。

本次采风行程密集，景观多多而美不胜收。然，河阳山歌为其地吴歌而名世，虽不及拜访，尚有同行者一路代劳以充画饼耳。

● 陈繁华

游张家港凤凰古镇草成一律

沙洲古镇显精神，拂面清风拒俗尘。
榜眼府幽寻韵客，恬庄街雅聚诗人。
因知绿野能移性，正对清池许养身。
石板铺阶延岁月，关情感物泽鸿醇。

兰（回文）

兰丛一梦枕清秋，影入窗轩北望楼。

寒露白云风撒手，薄苔苍雀鸟回头。
看闲竹岭危亭小，见趣花峰峻谷幽。
难画与闻香蕙树，安恬乐世解风流。

回文

流风解世乐恬安，树蕙香闻与画难。
幽谷峻峰花趣见，小亭危岭竹闲看。
头回鸟雀苍苔薄，手撒风云白露寒。
楼望北轩窗入影，秋清枕梦一丛兰。

沙洲采风复吟（回文）

灵心守拙补文才，秀揽香山景取裁。
青眼榜中湖韵入，素心琴上竹枝开。
聆诗古镇名垂柳，劝酒恬庄福满杯。
亭晚爱幽生惬意，宁神转觉脱尘埃。

回文

埃尘脱觉转神宁，意惬生幽爱晚亭。
杯满福庄恬酒劝，柳垂名镇古诗聆。
开枝竹上琴心素，入韵湖中榜眼青。
裁取景山香揽秀，才文补拙守心灵。

● 王耕地

一剪梅　山花

红湿山间淡薄妆，韵染河塘，波闪鳞光。深秋可耐坞中凉，逸远清香，拂过回廊。　　独坐无由说感伤，一寸柔肠，只与花王。攀来折去渗琼浆，莫道寻常，又似绵长。

● 冯 如

鉴真东渡纪念馆

一

元知东渡风波恶，为济苍生屡遣行。
岁月摧人不摧志，航来彼岸见光明。

<small>鉴真六次东渡，前五次东渡均失败。最后一次出海，鉴真已年过六旬且双目失明，由古黄泗浦启航，终于东渡成功。</small>

二

苇渡苍茫荡荡风，文明播撒大洋东。
一生烛照应无憾，犹念长安明月中。

<small>公元763年，鉴真于日本唐招提寺住处结跏趺坐，面朝西而坐化。</small>

三

古黄泗浦涌秋云，画壁青碑烙旧闻。
海港千年成带砺，残桅依旧立斜曛。

游江南香山

雨洗秋山气愈清，寒烟袅袅适晨行。
一头奴橘桥边侍，千只蝶枫湖上萦。
聚友遥思舞雩乐，临澄常涌钓鱼情。
乍开晴碧层林暖，喜见霜枝挂蕊英。

恬庄之行

行到江南多古镇，石阶青瓦韵犹存。
重修名邸人文显，便引朋游兰蕙论。
荞麦茶香留雅客，京腔歌润绕恬园。

晚来闲步清幽里，一巷红灯碍月痕。

● 杨毓娟

绿　桂

蟾宫仙树忽堪忧，桂子从来赋晚秋。
碧玉芳枝千叶影，无香无媚亦风流。

张家港香山

蒹葭依旧立初冬，长柳临河忆旧踪。
异草唤香迷栈道，修篁夹我仰云松。
空山曲送红枫老，冷雾光催大叶浓。
又是寻秋秋且去，风情别样倍从容。

● 张志坚

谒香山钓鱼亭

尚父鱼亭老，风摧已走形。
几人垂一线，不钓利和名。

张家港凤凰古镇采风

闻道沙洲好，诗追老凤凰。
流连榜眼俯，穿越石头墙。
巷曲风迷路，秋深月导航。
亲朋来电问，只说不寻常。

海上诗潮

● 陈鹏举

夜梦得青山断续起江声句凑成一律

小卧何须楼百尺，奇书留得月三更。
寄梅灞上风追马，吹笛吴门雨打城。
黄叶飘摇分日色，青山断续起江声。
余生且借云间住，合是文章惜薄名。

章明访冯翁其庸得句次韵二首

一

平生旧雨一曹公，前世莫非脂砚翁。
身寄燕郊芳草白，梦回钟阜故楼红。
众人摸象迷浑朴，二马分钗破色空。
日薄鸿蒙何处是，柴门犬吠杖头东。

二

石遗青埂忆当时，极似羚羊角挂枝。
瓜饭盘中天养老，枣梨刊外梦追诗。
锦裘补剩方生恨，茄鲞餐完始信饥。
不是丈人珍自扰，此峰到了万峰低。

扬州慢　步姜夔韵

秦地犹秦，楚人犹楚，算来百驿千程。忆前身故国，对水木青青。更堪惜、江山阵图，醉酣还念，借箸谈兵。自频频、清泪谁知，终老斯城。　女婴宋玉，谅当初骚赋俱惊。正骨里荒寒，眉尖契阔，心苦多情。又三十年何似，无双笔，风月名声。只飞鸿来见、年年相认书生。

● 刘永翔

友人问上元有诗否赋此以答

不咏元宵是畏难，陈言无计获灵丹。
平生一味求新癖，银汉银轮亦厌观。

同学虽皆癃老而登临之意不减

历经风雨旧同班，游观何曾畏万艰。
皆是病坊常入客，居然足底踏群山。

摘　辞

摘辞无不取前贤，下字惟求古有源。
自学桐城知异辙，概将成语视陈言。

余少作诗词歌赋，以黄山谷无一字无来历自期。中岁读研，先师桐城叶颖根先生云古文不可用成语，以成语亦陈言也。初以为系出桐城家法，后读吾家京叔《归潜志》，论与师同，由是知古文家持此说旧矣。

● 齐铁偕

烹　茶

月白风清百里沙，秋浓人淡薄烟斜。
杯盘散聚今堪惜，一地松针慢煮茶。

画　蕉

春描夏摹笔悠悠，但等枯黄好写秋。
底事芭蕉空结怨，时时招雨诉轻愁。

寻 秋

林深路僻远山苍，草色带霜生野凉。
空谷无人歌好唱，漫天黄叶落衣裳。

新 凉

小巷无人细雨斜，谁家门启落檐花。
夜琴知雨轻调拭，先送新凉透碧纱。

● 胡中行

有 感

潮来潮去不由身，海市蜃楼看未真。
天际青云方驾鹤，枕边黄米正添薪。
湘滨超女成前事，沪渎阿姨逐远尘。
知有凄凉谢幕日，早巢佳木鸟为邻。

再 感

一从六道识三身，解得因缘始是真。
望岸渡舟宜断欲，随师托钵可传薪。
眼中纵有千重惑，心底应无半点尘。
孟母如曾听佛法，何须处处择芳邻。

又 感

未有金刚不坏身，天悬日月也非真。
少忧进退频尝胆，老悟穷通常卧薪。
参透菩提三句义，扫清浊世八方尘。
谁言净土多飘渺，我谓弥陀是比邻。

● 叶元章

重到杜行口占

梦绕杜行春复秋，重来不觉湿双眸。
儿时游伴人何在，依旧街河日夜流。

<small>杜行，镇名，位于沪郊，旧属南汇县，现已并入浦江镇，余出生于此。街河无名，自周浦而来，穿街而过，流向西北，入黄浦江。</small>

咏怀并赠冯其庸兄（1984）

早年深入百花丛，拾得金钿翠陌中。
四座皆惊温李体，一杯都醉女儿红。
平生圭臬山阴陆，大块文章邺下风。
鹏鸟老时余勇在，死前犹欲搏长空。

<small>兰州唐代文学研讨会上晤冯其庸兄，相叙极欢，其庸兄出示佳作，仓卒间无以奉答，故以旧作赠之。</small>

悼傅璧园

敲碎珊瑚又一枝，悲君生未遇明时。
才难济世书何用，祸竟临头事岂知。
世载沉沦归另册，半生孤傲贱朱衣。
那堪冷月清霜夜，满纸淋漓挽项斯。

● 金持衡

喜迎香港回归二十周年

一邦两制会芳俦，合浦还珠二十秋。
携手跨迎新岁月，并肩创建美神州。
辉煌事业群情奋，壮丽河山众志稠。
强劲春风大地绿，紫荆红映万家楼。

东辉阁登览偶咏

振衣直上东辉阁,溢彩霞光照万楼。
天马腾空心底见,蛰龙昂首望中收。
气凝河岳翻孤影,神醉亭台访旧游。
瓦屿山巅我观景,眼前惊起暮潮秋。

<small>东辉阁在浙江温岭市瓦屿山上,仿古建筑,2000年落成,获国家建设部设计金奖。</small>

贺新凉　读花山续志

细把诗词读。更那堪、高华清丽,乡音村笛。笔底悠然生诗意,都是平生心血。试纵目、真情抒发。华夏春光无限好,想当年九老胸怀切。谁共我,醉明月。　几经风雨心高洁。探人生、是非成败,阴晴圆缺。万里云山原无饰,燃作一团火烈。莫怅望、芳菲未歇。铁笛铜琶谁续得。对花山、高唱歌千叠。情似火,意如雪。

<small>《花山续志》是浙江温岭对浙东南花山诗派的发扬光大,由张岳主编,金持衡作序,中国广播影视出版社出版。原有九老祠为纪念1404年九逸士隐居结社吟诗。</small>

● **何佩刚**

接梅韵遥赠梅师李茂森

梅韵飘香雅且丰,传来蓥岭建奇功。
朱砂起死回生种,玉蝶从无到有茸。
园圃艺高君胆大,孤山誉美匠心同。
还将书画诗词纂,融贯古今魂脉通。

步李冠春诗家梅韵一首

梅仙降世自孤标，南岭悠游兴倍超。
疏影寒园频露俏，横枝春水懒藏娇。
芬芳漫野夸栽种，艳丽招人肯荡摇。
国色天香迷古韵，神州共赏在今朝。

● 姚国仪

新正闲吟

襟抱未开忘所之，老来不复少年时。
风吹野草迎凉早，雨打清溪映月迟。
垂目每因思旧事，劳心只为作新诗。
春光岂可轻抛却，一抹斜阳泛酒卮。

过徐志摩故居

霪雨相随到海宁，雪泥鸿影叹飘零。
自从心醉情难赎，直至天殃梦未醒。
文字风流人去远，天涯寂寞月留停。
得之我幸失之命，差可镌为座右铭。

● 刘永高

西平乐 崇明秋赋

旷野秋浓，淡云气爽，瀛岛色缀平川。雨霁新晴，丰饶乡土，金辉稻浪微翻。想五柳先生到此，梦也飘然惬意，成群跃雀，当空欢唱，几匝人前。更那清河曲岸，芦花放、别致钓鱼湾。　　景观苍郁，乾坤美奂；万种风情，千叠畦田。都洒落、香樟透碧，银杏盈黄；树里农家屋舍，夕照炊烟，画境凭谁墨彩填。扬子畅怀，乡愁荡尽，晨涉东滩，暮踏西沙，魅力尤知，缤纷漫醉霞天。

一丛花　颜梅华师生书画展

梅含古意越清华，倚石老枝斜。雁行此日传声息，旧门墙、蔚起云霞。九秩风霜，千回梦愿，当世著冰花。　　丹青妙道煮禅茶，得笔看谁家。凭师造化真堂奥，逐水墨、放浪浮槎。宗仰由心，慧根生悟，都是印痕沙。

● 范文通

丁酉上元

花都已见换春衣，随影韶华岂感郗。
双燕呢喃争上下，满园锦绣展鸿微。
难忘童稚三山乐，应解旅人四海归。
一梦醒来醒复梦，冰轮依旧照窗扉。

赠　弟

长阳市上觅征衣，风撼北郊离别郗。
老父惊闻烽火起，女邻笑侃戍金微。
寄声几问塞南事，托梦每思月下归。
四十年来犹堪忆，白山黑水豁心扉。

　　家弟于1969年戍边珲春，次日珍宝战事起。在闽老父忧心函询再三，而邻居谣传已发工资。记得在长阳路领棉衣一袭，由北郊火车站送北。弟入吉林大学中文系撰有白山黑水一书，洵属知青史实。今由作家出版社再版，爰以小诗为贺。

浣溪沙　游黄山西海大峡谷用友人词原玉

未染秋霜爱古稀，畅游西海已知微。身轻直欲共云飞。　　雨脚跳珠皆淡色，鳌头换幕尽明晖。人生有梦岂相依。

浣溪沙　上海国际诗词研讨会廿周年纪念

诗汇海隅客未稀，推敲研讨在鸿微。光阴却似箭齐飞。　长短辩文收眼底。古今吟拾豁心晖。西湖旧柳尚依依。

● 姜玉峰

九一八谒国殇墓园

耻日永难忘，腾冲祭国殇。
墓园松柏郁，史馆物图详。
石浸英雄血，魂留翡翠乡。
远征军未散，牵挂后人肠。

观腾冲叠水瀑布

一洲犹似都江堰，两水裁成瀑布群。
小股前驱悬叠影，主流下跃映层雯。
千奇石柱齐排列，百态溪烟汇聚分。
太极桥头观毓秀，惊涛势若远征军。

暮　岁

抖擞精神度晚年，休闲怀抱艳阳天。
半生历阅风云激，暮岁欲栽花卉妍。
八雅精修追古韵，三才融汇向今贤。
可堪回首少羁绊，宜啸南山访寿仙。

踏莎行　冬日蓬莱公园

林绽红花，茵铺绿草，蓬莱冬日疑春早。腊梅不耐雪来迟，低头绽满空枝杪。　柳钓清池，墙罗噪鸟，鸣喧斗嘴争谁巧。彩衣翁媪舞翩翩，歌声乐奏冲天缭。

● 王铁麟

重有感

鸡鸣又说洞庭盟，江畔浮鱼苦自烹。
为学也惊枯树赋，攀墙最忆洛阳城。
琵琶巷陌风情老，菡萏枝头曲意深。
司马揽裙歌未尽，殷勤留得少年声。

读曹公大铁先生菱花馆遗著

半野堂前踏雨行，浮沉次第作嘤鸣。
凭江筑罢梓人事，对纸妆饶陌上樱。
桥渡有情多昼夜，碧梧无枝不晶莹。
虞山梦晓尚湖老，更识湖山不老名。

曹公大铁，江苏虞山人，著名前辈词人、书画家、古籍善本收藏家、土木建筑高级工程师。

赠　人

古来才命不相妨，未必红颜尽自伤。
曲染芙蓉长已吟，情含梅子仍旧狂。
苔痕梦里前年事。竹影湖边楚女装。
春水一篙何处寄，风情君自笑苍茫。

● 蔡慧蘋

忆江南　桂林二首

一

榕湖忆，红豆一何多。南国相思情未了，酒旗斜矗辣如何？雨夜听蛮歌。

二

榕湖忆，何处故明宫？玉陛云连桃李树，南城垣傍二三峰。独秀雨蒙蒙。

玉楼春　王城南门

漓江夜半清箫吹，独秀峰前行者醉。古榕树荫一时风，曾记涪翁思缓辔。　　长空闪电金光堕，残堞山墙时或翠。二三点雨打城南，疑是旧明宫女泪。

柳梢青　苗寨

百里清江，回肠九曲，暖水风斜。万竹丛中，木楼几间？苗寨人家。　　芦笙歌起滩涯。银项圈、飞云插花。木耳香茶，酸鱼油笋，米酒糍粑。

● 孙 玮

北国江城踏雪归来赋得二首

松花江畔口占

一江晓雾初遮面，万树凇花次第开。
莫道吉城春色晚，争知水暖雁飞来。

满庭芳　吉林

城绕松花，地衔长白，坐拥龙虎潜蟠。八旗彪骑，曾此入雄关。宁古乌拉重镇，旧应是，樯舰无边。黄粱熟，千秋霸业，邈邈化云烟。　　年年。今却看，江开雾锁，冰解凇繁。有福星天外，飞撒人间。频唤南来远客，共分享，雪域温泉。凭谁问，寒来暑往，归雁几时还？

● 黄 旭

咏　鸡

茫茫长夜守，破晓一声啼。
尽职人间事，修身五德齐。

上 元

春江佳节里,乐事总难全。
幸喜天供美,元宵月最圆。

遂昌探妹二首

夜 宵

山里人家阴气凉,紫苏未及缀秋黄。
一壶涤口兰英酒,白露之蔬满桌香。

<small>浙西人称吃晚饭为食夜宵,食读益。</small>

早 点

妹婿早非耕读家,晨依乡俗足堪夸。
龙游糕点精京果,暖胃舒心白露茶。

● 邱红妹

新春贺岁

海上清音情所钟,以诗会友喜相逢。
山珍海味平常物,欢聚一堂年味浓。

星 期

依栏默默恋情伤,不断哀弦音色凉。
乞巧红尘掌中秀,春风鼓吹解寒霜。

步塬村老师韵

宝刹轻烟袅寂岑,书楼香茗避寒侵。
塬村来访诗人会,海上聆听缥缈音。

心寄南京

凭吊南京公祭日，不忘国恨与家仇。
铁肩勇担强华梦，誓灭人间恶肿瘤。

● 袁拿恩

题蒲团石

淡墨疏烟外，天都不胜寒。
霁云飘渺处，一石一蒲团。

住排云楼三日细雨大雾窗外浑茫一片

无意出门口占一首
排云楼外雾茫茫，不见黄山尽敛藏。
谁遣风来狂泼墨，群峰画卷展巍张？

午睡未入眠出门闲步忽风起云涌

群峰瞬息万变口占
执杖闲行欲问途，娑娑松影有还无。
云腾风起群峰变，一展淋漓水墨图。

八声甘州　次韵端木复忆当年随海老十上黄山

叹岁华忽忽鬓星星，当年话金瓯。立黄山绝顶，云烟吞吐，松影闲悠。更有九三老海，泼彩任心游。梦笔生花处，同庆丰收。　风雨桃花溪畔，笑羁缠龙虎，侠侣貔貅。道丹青如是，机趣若觥秋。意无穷、非真非幻，静听涛、砚海棹孤舟。寻悟入、得真自在，再上高楼。

● 喻石生

无 题

一

燃罢香烟已数枚，作陪佳茗亦更杯。
老妻分派闲滋味，蔬菜弥时拣一堆。

二

闻说樱花靓顾村，几疑重睹复销魂。
遍寻芳迹唯初蕾，只许冒寒留一痕。

三

莫必风骚问孰贤，温寒百卉性由天。
年来散淡迎春意，不插梅花养水仙。

四

只剩吟场未下鞍，老夫已惯避尘烦。
岁寒茗罢闲无事，爱看流云爱负暄。

● 邵征人

杂 感

一

论书仁智各偏长，内外功夫展翅扬。
蛇挂蛤蟆何刻薄，苏黄依旧是华章。

二

国学传承千载长，旧瓶新酒可张扬。
二王也是当时体，无上尊优居庙堂。

三

仄仄平平意味长，唐风宋韵我弘扬。
茶余饭后何开胃，些许辛酸登入堂。

四

晨昏挥笔日悠长，临帖寻看风采扬。
天籁之声静思得，寂然相析十言堂。

● 吴定中

有　感

近日《咬文嚼字》杂志公布了"2016年十大流行语"，蓝瘦（难受）香菇（想哭）赫然在目，特效其颦，成打油一首。

十大荣光品位高，偏因馊事引风涛。
妖文邪字题金榜，蓝瘦香菇作土豪。
披上貂皮摇狗尾，持将令箭弄鸡毛。
街谈巷议无停歇，续坐城楼听贬褒。

复友人

如潮思绪助吟哦，潮退诗存待切磋。
见或纷纭随处在，花曾历乱奈情何。
行棋世道经非少，喜剧人生苦亦多。
九十匆匆容易过，无间万里是长河。

品　优

脱却南冠亦楚囚，无方更作少年游。
阴晴随意谁能得，挥洒从心不易求。
欲去经风应远落，自来唯水永长流。
层高凭眺时空阔，春景窗前再品优。

• 张才得

同里古镇

荷盖浮湖分七笺，小桥流水结连环。
吴头越尾悠悠老，软语柔声款款言。
去病狂歌署亭长，退思检过借名园。
夏公自有惺惺意，偷得闲情设一联。

  同里古镇，被五里湖等五湖围绕，被十五条河流分为七片，由五十四座小桥联缀而成。南社元老陈去病（巢南），同里人，自号"垂虹亭长"。又，夏衍等文化名人游其间退思园，撰一联，其下句有云："因忙得闲"。

退思园

桑田沧海退思园，贴水成全小景观。
舫榭亭台皆巧构，琴笙钟鼓各缠绵。
春秋冬夏留佳色，日月星辰结善缘。
盛世招徕天下客，赏游人在画中间。

  退思园，小巧典雅，园中设有观赏四季和夜色不同特色之景点。

吴江觅垂虹桥不得

白石吹箫载小红，千秋低唱迄无终。
人来同里亲三拱，梦入松陵挂一虹。
腰断孔残何瑟瑟，水光云影本蒙蒙。
当年送客垂杨岸，尽数画船烟雨中。

  宋范成大筑"石湖别墅"于吴江（今不可考），有杨万里、姜夔（白石）等来游。昔读姜诗《过垂虹》，为之叫绝。此游以连跨同里太平等三桥为吉祥，而垂虹桥坍塌于1967年，仅留残孔断腰。

● 张文豹

环卫工人

报载，全市为环卫工人设立三千多个休息站，方便他们使用。

爱心接力为工人，设站三千使用频。
道路扫除呈整洁，庭阶清理净纤尘。
迎风冒雨多辛苦，浴雪凌霜历昏晨。
劳动光荣无贵贱，市民敬重倍知亲。

● 胡树民

纪念上海诗词学会成立三十周年

曾经低谷冷清清，幸有诗家倾热情。
赤手空拳兴韵业，乘风破浪赖航灯。
功夫到处吟声旺，天道酬勤鸾凤鸣。
桃李成蹊前景美，阳光雨露百花馨。

鹧鸪天　强军策（新韵）

纪念中国人民解放军建军九十周年

犹记南昌破晓音，一声枪响动乾坤。横戈跃马顽军灭，辟地开天青史吟。　　施改革，展雄心，顺时而进力图新。大刀阔斧除陈弊，现代强军摄鬼神。

● 袁定璇

武亦姝荣获中国诗词大会冠军

武家少女富文才，气定神闲上赛台。
思若涌泉佳句叠，飞花朵朵报春来。

● 王汉田

过大年

金鸡唱瑞兆年丰,户户团圆酒满盅。
老朽高龄难走动,观看电视舞狮龙。

一剪梅　怀故人

衔恨西行五十年。笑貌音容,仿佛依然。桃源望断杳无踪,传怨飞星,百感窗前。　似水流光不复还。霾散空清,重现蓝天。乘风华夏展宏图,勃勃蓬蓬,告慰长眠。

● 徐非文

梅

未待东风细剪裁,梅花已伴雪花开。
怕人犹道东风远,先遣一枝春色来。

岁末遣怀

鱼同流水鸟同林,言不由衷情不禁。
劣币常能逐良币,苦心每被笑痴心。
众人契合众人唱,惟我矜持惟我喑。
霖雨崩山谁可志,殷殷可为独摔琴。

一剪梅　和田玉

阅尽昆仑无数春,冷雨寒晨,化雪黄昏。玉龙河浅涩难奔,在水之滨,久惯沉沦。　皮肉全非精魄存,人道今身,已是真神。脱胎换骨始为珍,知否前尘,点点留痕。

临江仙　诗心

恰似三春杨柳绿，千枝万絮翻飞。快哉俯仰任风摧。依依何不舍，去去莫思归。　　天地无边皆是路，扬长笑尔葳蕤。星光耀我夜光杯。斟来无数梦，赋作一声雷。

● 邵益山

游嘉定紫藤园

未睹花颜色，先贻馥郁来。
氤氲无见散，瀑布不闻雷。
一片真能隔，千条岂易颓。
非嫌紫烟重，独惧漫尘埃。

南　窗

独坐南窗发古幽，天光似水指间流。
放闲莫问明朝事，乘兴何妨雪夜舟。
往昔随人嘲孔圣，如今秉烛习庄周。
诗书镇日飞蚊疾，风雨经年洗白头。

大雪用黄仲则道中秋分韵

万里飞扬气势穷，遮天盖地失西东。
楼台一夜皆披孝，日月无光竞冀风。
暖阁重裘犹觉冷，愁肠倦旅更知空。
天涯望去真干净，雪里不闻挚弱蓬。

丙申四月廿三巳时独上谢公岭

入乡人所建谢公院念及康乐公
放情山水仍不免壮年遇害怆然涕下

久闻雁荡名，来登谢公岭。
岭下有桥楼，雕饰增华靓。
山溪清且冽，曾照谢公影。
古木透流晖，青阶生滑苔。
草花邀远客，泥屋忘尘埃。
孤游非情叹，万古可同哀。

谢公岭因谢灵运而得名。岭下有乡民为纪念他而集资建造的桥与牌坊。

● 王义胜

谒唐寅墓

木落横塘踽踽行，墓门吊谒叹生平。
一闱科举深遗恨，三笑姻缘浪得名。
傀儡髑髅谁幸免，殿堂锦绣自空营。
桃花树下千杯酒，醉看根蟠起蚁争。

唐寅诗"傀儡一棚真有假，髑髅满眼笑他迷。"

莫氏庄园

莫氏世家安在哉，雕楼画阁为谁开。
户庭秋爽增秾绿，匾额风流染暗灰。
惟有嘉园供怅惘，几无后裔话兴衰。
桂花不管人间事，犹送天香入室来。

莫氏为平湖名门望族，明嘉靖《平湖县志》即有记载。

黄坑道中

久仰先师理学名，寻途谒墓到黄坑。
岭山四面围村巷，风水千年远郡城。

坎坷未知遐路僻，苍茫已见夕阳横。
还乘暮色初暗暖，更向林丘深处行。

<small>黄坑，朱熹墓在焉，距建阳八十八公里。</small>

● 张佐义

初访南园主人岁月居于外环

湖沼新篁遍，霜枫叶正红。
古居听雨去，暮色入云中。
知己千杯少，分茶一盏浓。
批文几时下，消息待谁通。

贺新郎　读岁月居南园夕照图

落叶飞鸣镝。正江东，南园草木，初冬时节。莫道长安西风疾，吹散归鸿无力。笑竹绕筠溪南北。整顿山河探囊似，被峥嵘料理成平仄。太湖石，纵横立。　　斜阳夕照壮行色。怅听涛，江声不住，小轩凭轼。我欲抚琴君吹笛，便使鬼惊神泣。笑柳子寒江簑立，革故鼎新争朝夕。料芋西，不肯恋城邑。望明月，长相忆。

<small>芋西，明南园主人储昱字。</small>

水调歌头　久雨忆南园兼答南园诗友益山

弱雨西风廋，落叶美清秋。一任潮涨潮落，港绕碧云流。自向江东寻去，觅得南园如画，竟在大江头。故扣柴扉久，美景不胜收。　　笑储昱，归田后，立汀洲。二三知己，喧哗一邑话绸缪。浪涤东西南北，史记古今中外，大道历千秋拨雾开天日，鼓楫弄扁舟。

● 成德俊

与众诗友访南园

相约三林镇，谈诗到浦东。
南园修竹隐，老宅苦茶浓。
敲句逢知己，寻花问妪翁。
秋风摧草木，霜叶映波红。

辞岁感怀

易逝光阴已岁终，花开叶落太匆匆。
读书愧我修身少，斗酒怜他醉眼红。
半世纪同窗聚首，一杯子记梦留踪。
小楼今夜琴声里，听雨品茶诗意浓。

同学聚会有五十年未见者，会后获赠一杯子，寓意一辈子也。又，小楼听雨乃一诗友微刊。

鸡年戏咏

一

向日能歌跻上流，身标五德姓名优。
羽披七彩期追凤，冠竖齐天不让猴。
长就肚肠皆短小，谀生疙瘩笑缘由。
他人高卧犹酣睡，汝自狂啼未觉羞。

二

初开混沌溯难求，问蛋谁先孰占优？
利爪勤翻虫害少，啼声屡唤懒庸羞。
人间褒贬惭同犬，口上风光乐胜牛。
又见明春君主值，几多美景在前头。

● 董佩君

念奴娇　过三峡

长江万里，峡高惊涛涌，横空崖岸。壁立夔门迎旭日，窄道若悬金练。白帝烟霞，子规叠翠，神女犹遮面。临风遥望，胜观千古画卷。　　我欲搜尽奇峰，倚舷速写，笔底风光现。无限江山吟不厌，情寄白云游遍。光影山移，暗礁密布，险道行舟缓。人生如旅，历经沧海千变。

青玉案　哈纳斯湖夏景

碧波玉带云杉岸。雪山近，蓝天远。塞外江南犹不辨，径幽雾失，树横溪断，未见南飞雁。马蹄声碎残桥畔，犬吠牛羊暮归晚。露湿桦林霞绚烂。繁星犹醉，寒灯何倦，月照孤村现。

南乡子　蓬莱三岛写生

雾漫远山横，万仞孤峰一线倾。突兀石穿云断处，松迎，缥缈仙山入画屏。　　原济昔山行，水墨凝烟俱忘形。我见蓬莱心欲静，思奇，绝壑千寻笔下生。

江城子　临写颜鲁公祭侄稿

鲁公挥笔泣无声，气恢弘，势云崩，如入沙场，铁马踏坚冰。正气凌云书自润，明大义，效鲲鹏。

灯明临帖欲求神，眼观形，悟微明，虽愈百通，却未识阴晴。放眼江天胸更阔，心手畅，写真情。

● 陈建滨

题图诗·虚舟

青衫廿载老经纶,犹是兰台寓此身。
四海奇愁殊未解,五湖忍作泛舟人。

赠 远

程姝一曲歌明月,茗雪瑶花似梦时。
天上龙津愁未渡,使君何处寄相思。

丙申龙头节观海信笔

应厌平生久寂寥,沧波一怒接云霄。
崔嵬万势寒开霁,汗漫千峰响动摇。
去去浮沉天下事,嗟嗟兴废眼头潮。
长风大浪英雄尽,中有狂魂不可招。

● 陈繁华

同学相聚金锚传菜馆

约品金锚菜,春晴恰倚栏。
青葱惟去向,白发是回看。
座内三杯兴,樽前一笑欢。
余生常聚首,同学本相安。

赠同学

同学常酺会,手机微信通。
屏前花祝福,键下语生风。
苍鬓休言老,红包未觉空。
城池邀夕景,落影在其中。

同学群

乐事唯同学，知君说姓名。
少年豪气满，花甲惬心生。
兴酣聊闲趣，微群念旧情。
夜阑春梦里，问候有人迎。

● 黄福海

戏为六绝句

一
闻道新诗已百年，此间行令正喧阗。
莫非风水轮流转，蜡炬成灰死复燃。

二
胡公八首妄流传，无乃明春两祀连。
纵使赵家楼尚在，不知香火祭谁边。

三
新月西窗剧可怜，贫家碧玉气纤纤。
艳阳几度人天劫，一脉清流绝冷泉。

四
废骈废律亦吾钦，白话为诗融古今。
不意朦胧三纪后，先锋难解旨遥深。

五
风骚自古发于心，秦越方言未隔音。
书欠功夫怨纸笔，无端煮鹤又焚琴。

六
雾笼千厦望诗林，野雉哓哓彩凤喑。
绝世驱车相诋讦，为登史册各骎骎。

网上妄传胡适《白话诗八首》，且谓其刊于1917年，以为新诗之祖。然新诗实肇始于胡适诸公所作《诗》九首，首刊于1918年。

● 冯 如

冬至逢雾霾有感

应是阳生冬至日，霾来四域岂居安。
云低唤雨雨成瀑，风厉吹尘尘似磐。
归雀啾喳声半哑，行车大小路皆难。
可怜佳节京津沪，锦绣三千雾里看。

辞 乡

离家倍觉恋家深，漫漫机场白雾沉。
已悔少年游海志，渐谙老凤护雏心。
轰隆巨翼破空起，颠荡流风沿路侵。
一刹云开千厦现，前行在即改乡音。

栽种朝天椒有感

数月深埋始出芽，浮青浅浅自春赊。
雨催纤弱倏盈尺，苗秀参差当选佳。
苦守花开挂轻雪，徐迎夏至簇尖牙。
精神愈盛炎天里，一片椒红忆旧家。

● 陈 青

醉翁操　临港新城

宏观。东滩。洋山。玉连环。斑斓。巨擘描图震尘寰。两港长桥翩翩。换新颜。艨艟首尾连。鹤翔鹏举五洲欢。　月牵物流，潮涨波湍。电传喜讯，锁定一流争冠。精细毫分三千。极速标追光传。思源兮甘泉。瞻前兮加鞭。复兴望百年。神州终胜伊甸园。

醉翁操　借本意

　　天骄。奇招。降妖。醉翁操。功高。常年含胸伏案劳。筋僵骨损糟糕。受煎熬。服药中西调。理疗推拿红外膏。　　鹤翔太极，米字精描。肩井天宗，点捻揉拍轻敲。蟠龙戏水扭腰。盼月遗珠粘蜩。单腿过天桥。扩肺拟吹箫。晨昏赶两潮。浪滔滔中自逍遥。

● **廖金碧**

春　风

　　吹绿满山林，水中波影深。
　　摇醒千草梦，撩动百虫心。
　　瑟瑟牵襟笑，轻轻朴我吟。
　　长空云自渡，霞晚正流金。

夜幕下高架路

　　夏载骄阳冬载霜，飘红玉带月流光。
　　满车星斗驰华夏，一路云祥萦梦乡。
　　迷眼烟霾虽暗淡，弄潮人气却昂扬。
　　任凭雷雨倾盆下，追着太阳求富强。

玉楼春　秋望

　　枫红最是迷人处，霞引鹭鸥吟啸舞。小楼夜雨渺无痕，采采芙蓉秋已暮。　　难忘花落青溪路，更念东风犹自语。夕阳煮酒种乡思，只有鹃声明月诉。

菩萨蛮　中秋随感

竹风摇动闲庭冷，珠帘月上玲珑影。野水接云横，层林叶落声。　芦花倾怨诉，心抵秋莲苦。明月却多情，随人处处行。

● 陶寿谦

博爱垂训

纪念孙中山先生诞辰一百五十周年

江湖放荡叹衰兴，天下为公大道行。
壁立神州春梦起，礼罗世界爱心耕。
两间疾苦千秋雨，数代波澜二字晴。
一片精诚佳句远，百年稽首万方荣。

● 刘喜成

沪上冬日

寒风透骨话冬烟，黄叶翻飞落九天。
冷手回文存网络，热心放笔寄江川。
无涯乡味诗中醉，有爱灯光梦里燃。
举首松原听故事，百湖千塔月流连。

清　明

风吹花落泪流痕，两岸千家各掩门。
小径莺啼听细雨，大河水去梦留魂。
青山带泣坟悲母，碧草摇春子抱孙。
时近清明当思远，心中难忘铁人村。

临江仙　玉兰花

欲向枝头圆梦，却来沪上凝脂。花开三径醉当时。放怀风雨过，爱抱紫云回。　沐露升华韵味，游人醉了惊奇。流芳千里忆歌飞。吟成诗几句,莫笑客迟归。

● 裘新民

再访顾炎武旧居

匹夫有责为谁酬,家国情怀述去留。
私法暗施诛卖主,班房拒出恐担羞。
湖山入目当如昨,朝代翻新总似鸥。
重到门前几番看,此间心事又绸缪。

2016年11月6日,与金仓湖海派诗歌论坛与会者赴昆山千灯镇一游,乃有此作。

山 夜

晚来天气已朦胧,高处凭谁一望中。
欲看星空云暗渡,将听雅曲兴偏穷。
葵花籽淡农家味,绿蚁茶清契友同。
莫道无由寻北斗,他年再过练江东。

2016年11月18日赴歙县采风,夜宿坡山村。日间曾云,此夜可观星也,然黄昏即起浓雾,观星之愿如水中气泡耳。同行有喜卡拉者,而余不善其技,更嫌吵嚷,只与人饮茶嗑瓜子而已。

● 纪少华

迎鸡年

夜梦繁星化雪飞,腊梅枝上冉春晖。
幕开新戏将登演,同贺双双彩凤归。

咏白玉兰

玉骨仙姿白雪魂,奇花静待赏花人。
千春此岸千春梦,一片冰心对世尘。

感世言怀

来路蹉跎不背衷,叶飘萧瑟断鸣鸿。
盏中余味云间菊,弦外有音江上风。
穿壁白龙空剑鞘,出山清瀑写苍穹。
神州正气除邪气,大道通时道道通。

雨霖铃　龙华烈士陵园

风吹雨过,洗云烟散,霞光似火。草绿花红醒目,遗踪觅处,流泉叠落。岳耸丰碑贯日,伴苍松静默。铭历历、碧血丹心,换得人间春锦色。
回眸伟业征程拓,悟而知、正道明灯烁。悲歌潮升浪起,陵景内、海宽天阔。举步尤坚,不改初衷,守真无惑。看世界、直挂千帆,浩荡沉舟侧。

● 徐登峰

黄河抒怀

西别昆仑气势雄,长天直泻百川东。
九朝都府风流在,千古贤豪岁月穷。
悬水移山埋甲骨,中原逐鹿断烟鸿。
欣逢叔度新歌舞,万里黄河万道虹。

卜算子　高山茶

叠嶂连翠岗,浪起春云卷。细雨迷蒙浣嫩芽,有谁舞,绿绸绢?　烟岭点点红,飞跃青苍巘。十指尖尖两袖风,花揩汗,芳菲满。

柳梢青　狮峰龙井

云绕狮峰，风摇翠影，腻绿蒙茸。雨剪鹅黄，嫩柔娇醉，十里香浓。　引来骚客诗鸿，赋词曲、茶经唱丰。纸贵千秋，佳人煮雪，品茗吟红。

临江仙　携客品茶

映雪寒炉霞露饮，醉扶翠竹酬歌。高山流水有人和，沸汤助爽，酒醒忆姮娥。　气味相投携手客，虎跑泉畔梦多。生来自落喜三峨，吟风啸月，碧绿染东坡。

● 汤　敏

临江仙　黄梅雨

一夜滂沱喧闹，无边珠幕低垂。窗前湿了蕙兰衣。迷离神走雾，惆怅梦追词。　未歇酥酥绵雨，时而云际斜晖。自斟米酒半香卮。芭蕉明翠日，榴朵艳红时。

浣溪沙　清净

此去春魂无处追，浓樟盛夏看仙姿。萧萧纷落是芳菲。　花径千回留梦境，书房一日读幽词。唯闻清净秒针移。

八声甘州　去东欧机上

看云如瀚海碧穹天，银翼搏长空。正横空万里，大河峻岭，霎那朦胧。鸟瞰高坡黄土，壮美醉神农。最艳斜阳色，一抹从容。　慢拨时钟半日，想家乡秋叶，可有胭红？讶弦窗变幻，欧陆现葱茸。待寻寻、湖光空翠，去详详、异域眷情浓。须俄顷、入舱清气，蕴藉明瞳。

八声甘州　苑林步雨

看凌空忽忽雨丝来，迷雾漫霏霏。问新垂桐叶，因何起舞，回转低眉？择步荷塘曲径，藕梗暗参差。无语伤离绪，昨梦难追。　　谁按宫商弄笛，调柔听紫竹，一任心驰。醉纷纷菊蕊，金桂落些时。正迟疑、草花衰弱，露沾衿、湿发几曾知。争思忖，苑林萧瑟，吟句如痴。

● 金嗣水

丙申岁末三题

家　事

古稀道是有余温，买菜操厨侍小孙。
微信翻开见亲友，鼠标点击弄乾坤。
常携老伴踏山水，也上枫林觅韵痕。
防止三高年货减，寒梅一树掩蓬门。

国　事

尽职金猴守禁门，雄鸡一唱唤千村。
民生当倚良方纳，国计安能苦果吞。
善政推行待廉吏，嘉谋征集赖昆仑。
蓝天搏击长戈亮，重造汉唐倾世尊。

天下事

波云诡谲搅环球，缭眼棋盘乱九秋。
角力朝韩挖心事，争锋亚太费筹谋。
奇葩大嘴果当主，突兀英伦要脱欧。
修内韬光经远略，居安不忘拭吴钩。

● 史济民

丁酉年元日作

啼叫声中日似丹，江山如画笑相看。
少年天马行空乐，耄耋闻鸡起舞欢。
茶酒清醇保身健，诗词吟咏使心宽。
平生留有书几册，友谊沧桑随意弹。

济南谒李清照像并购得漱玉词选注

佳作每吟常梦多，当时危难叹蹉跎。
瞻望玉像长痴立，捧读华章久咏哦。
红瘦绿肥留婉语，鬼雄人杰放豪歌。
庭中微笑似相问，今日后生词几何。

参加延安中学七十周年校庆感赋

一

当年负笈意朦胧，昔日儿郎变老翁。
校舍翻新非昨日，老师依旧是春风。
书生意气求超脱，骚客江湖叹达穷。
五十一年浑一梦，可堪白发对初衷。

二

旧楼携手共攀登，我与黉堂寿共增。
父子欣然成校友，同窗欢喜结诗朋。
读书实践行千里，学问才能上一层。
母校别离超半百，心中依旧亮明灯。

● 倪鼎琪

生日逢雨口占

潇洒人间又一春,童颜鹤发也精神。
天公不是无情汉,厚赠银丝挂面新。

景海鹏陈冬胜利归来

三十三天作宇航,天宫二号谱华章。
长成翡翠嫩生菜,育出玲珑玉茧娘。
潇洒单车骑自在,悠闲龙井品清香。
神机妙算安排定,英杰按时准返乡。

● 洪金魁

四会同乡同学欢聚广州

一

四会同乡聚一堂,当年求学志昂扬。
而今你我青丝改,笑语欢声又绕梁。

二

中学同窗情意长,时空半世老还乡。
容颜虽改嗣音在,银发齐欢忘夕阳。

老伴1960年毕业于广东四会中学。我应邀参加其同学聚会,朗诵二首拙诗助兴。

枫林新春诗会

喜看枫林别有天,迎春诗会说团圆。
高贤吟咏满堂彩,宾客相迎情意牵。
难得良师勤教诲,更需后学勇攻坚。
繁荣国粹精神爽,营造诗心上小园。

● 季　军

游普陀洛迦山

潮音古洞
洪涛尽撞峭岩分，骇浪凌空奔马闻。
救苦应声白衣现，漫天花雨起氤氲。

玉堂街
玉堂募石铸英名，妙善通衢镇海荣。
脚板从今归大道，涛声一路伴人行。

磐陀石
金刚巨宝接崆峒，欲坠还悬峙碧空。
石晃风摇心不动，外魔内省自圆通。

观音古洞
金刚古洞疾风鸣，倒浪垂云圣像宏。
到此顿消尘俗虑，隔林飞渡一钟声。

● 周洪伟

咏史诗一组

王逢原
卓荦高才绝逸伦，声名寂寂作西宾。
追怀妙质吟三遍，弃斧荆公失郢人。

林和靖
鹤子梅妻处士孤，暗香疏影享隆誉。
高风靖节传千古，大去喜无封禅书。

宋子京

落花不负玉楼春，红杏风神远逸尘。
只为隔帘呼小宋，骋情偷句得佳人。

<small>见《宋词纪事》宋祁《鹧鸪天》条。</small>

姜　夔

一湖一石总关情，疏影暗香留美名。
天命难违遁官去，终生擅乐守箫笙。

● 王永明

镇江旅游四首

游金山寺

几处江山似这般，忘情物我坠其间。
孤峰突兀迷苍狗，古寺悠然隐绿鬟。
扬子涛声都寂寂，灵蛇泪眼亦潸潸。
无端岁月神来笔，驻目危楼半日闲。

<small>镇江金山原在长江中，光绪末年与陆地相连。</small>

登北固楼

周遭雪浪几时休，北固山头好个秋。
至死魂牵辛太守，平生梦断南徐州。
一腔意绪留他日，千载风云过此楼。
满地江湖穷望眼，润扬桥在海天浮。

<small>镇江古称南徐州。润扬长江大桥，连接镇江与扬州。辛太守，辛弃疾，晚年出守镇江。</small>

西津渡怀古

蒜山故地云台麓，人道西津古渡头。
青瓦房前条石路，独轮车剩辙痕沟。
南来仆仆新亭客，北顾惶惶半壁刘。
踏浪曾经凭一苇，凌云已自胜千舟。

<small>辛稼轩词："元嘉草草，封狼居胥，赢得仓皇北顾。"又，润扬长江大桥飞架南北。</small>

焦山揽胜

车上焦山万物秋，焦山曾在水中浮。
如霞露叶思招隐，即景风情宜旅游。
世上谁堪三顿韭，江中依旧两条舟。
君看古寺残阳外，扬子无言昼夜流。

<small>东汉焦光曾隐居于此，因名焦山。又，乾隆问寺僧，江上有多少船？僧答，两条，一曰名，一曰利。</small>

● 沙润和

咏长征

奇兵飞渡湘江岸，踏破乌蒙无数山。
血雨腥风谈笑里，旌旗十万过秦关。

● 顾士杰

新年感怀

四季轮回又一冬，中华相衍五千重。
辉煌代有惊鸿出，更向九天腾巨龙。

立 春

又是一年春历临，何方水暖鸭嬉池。
梅花欲竞光阴急，岁岁春来催白丝。

豫园元宵灯展

几番趣盛赏灯宴，今朝独赴为诗颠。
摩肩接踵步难快，走马看花眼觉鲜。
九曲人熙同往日，满池彩绘示新年。
魔都好钓万千客，岁岁古园铺锦笺。

● 吴家龙

丙申感事二章

一

人生两度火猴年，良治今看国是贤。
新策鸿猷前景好，亿民囊橐小康圆。
天灾人祸施方略，世事风云善斡旋。
秋日钱塘山水翠，飞来元首共划船。

按五行，丙申为火猴。

二

丙申交替迎丁酉，芳讯频传乐不支。
稻菽多年获增产，贸工数载稳加持。
忻闻全会严纲纪，犹记肃贪依法施。
挈领创新常态迈，昂昂意志气扬眉。

念奴娇 神州十一号凯旋

无垠大漠，见朝阳出征，昂昂神奕。圣职胸怀萦壮志，卅载攻艰群策。索奥求精，竟成圆梦，更上层楼觅。千锤百炼，将军天命勋绩。依目纲定鸿猷，飞天三步，二步迈开执。遥望宫船亲切吻，今夕当为新夕。整月循游，太空实验，科幻丰盈集。凯旋英隽，乐鸣锣响旌拂。

航天员为景海鹏、陈冬，景海鹏五十华诞在天宫度，他是第三次上天。上世纪七十年代初第一颗人造地球卫星上天至今已四十多年。

● 张亚林

壶口壮观

黄河水溯云天外，万股溪流涌口来。
千竞一门寻道去，涛声耳畔久徘徊。

诗 迷

腊梅何惧雪冰欺，傲骨肯将追梦期。
霜鬓填词还不晚，古稀吟曲正当时。
沉迷书馆寻良赋，踏遍申江拜睿师。
莫笑吾痴骚韵客，以诗为乐志难移。

青岛游感怀

前年青岛踏春游，倩丽风光眼底搜。
军港雄姿凝万众，崂山美貌咏千秋。
如诗古迹称心赏，似画海滩佳影留。
回忆当时情若醉，催吾今日再吟讴。

● 邢容琦

元旦小酌

佳日登江阁，同窗共浅斟。
人前无市利，物外有知音。
笑叹秋霜发，潜怀野鹤心。
街行彩灯满，未觉夜寒侵。

陆羽井

独爱前贤避宦场，虎丘掘井论壶浆。
冷泉山阁今难见，幸有清茶满室香。

夜游古运河

六桥交彩一舟通，夹岸华灯照紫穹。
由是琼花更佳色，吟声自古不曾空。

辛侯亭

夜咏稼轩已数年,特来江畔访先贤。
官当签判人无怨,情结延陵命有缘。
纵笔多闻豪气语,潜心最是美芹篇。
幽蹊迎雨沾山色,犹望松亭一肃然。

● 顾建清

丙申秋小南岳旅次

天蓝深似海,云白薄犹纱。
不尽水飞鹜,无边林映霞。
月明莹竹露,风爽曳芽茶。
良夜思枫叶,清晨闻桂花。

雨霁山行

清空润绿沐新霓,陂陀攀来瘠橐低。
静里晴光才过午,涧中流水且泂西。

● 倪卓雅

海南文通村

黎村小寨中,满目是青葱。
鸡啄菠萝蜜,鹅行胶树丛。
槟榔依水碧,农舍掩花红。
堪叹桃源少,扶贫路未穷。

晚　归

点点繁星缀昊天,椰风新月伴无眠。
蛮鸣蛙鼓迎宾曲,一路清音到枕边。

老来伴

翁媪蹒跚执手行，凝眸无语爱心盈。
半生同路多风雨，白首相依享晚晴。

腊八粥

风寒岁暮思香粥，米是珍珠豆是琼。
邻母隔墙端碗赠，盛来满满是亲情。

● 张晴怡

赏 雨

清晨离斗室，欣喜遇甘霖。
阵雨潇潇密，明溪沥沥吟。
唰唰云石净，濛濛雨林深。
只愿秋心水，尘间静土寻。

点绛唇 枫树

荫绿蝉鸣，惊人枫露溪边树。碧红相处，凉意清清住。　寒雨滴桥，一瞬收残暑。窗前伫，盼随风舞，秋韵吟诗鼓。

柳梢青 桂

翠叶吟秋，细花默默。淡净生幽，风沁香酬。广寒仙子，无意欢愁。　年年芬馥神州，麝沉水，妍窗润楼。聚散云舟，缘来缘去，隐逸心头。

● 袁人瑞

腊八粥

油盐菜米一锅收，红豆花生枣芋头。
已饱还须添半勺，最佳滋味是乡愁。

寄年糕

思亲岁末总悠悠,一角年糕千里邮。
快递哥来勤嘱托,聊以此物慰乡愁。

年 味

欢喜冰封数九天,梅传消息到鸡年。
携篮掘地挑冬笋,端凳当门贴对联。
为降脂糖勤走路,因防霾雾禁燃鞭。
阿公岂许空呼唤,已备双千压岁钱。

岁末吟

又逢岁末思悠悠,瑟瑟寒风浅浅愁。
拟借禅心驱俗韵,难移本性是顽猴。
已裁诗句三千首,曾向天涯万里游。
沉醉屏前搜博客,老妻呼饭始抬头。

● 贺乃文

南岳衡山谒忠烈祠

山祠祀忠烈,感慨读崇碑。
伟业天高大,勋名岳崛崎。
同仇衔岛寇,雄鬼卧寒陂。
客次无牲奠,招魂献小诗。

乡 味

肥醲甘脆不沾唇,飨客偏多妙味陈。
柴灶鲜烹张翰鲙,海盆喜食陆机莼。
菜薹抽嫩园中翠,竹笋萌尖土里珍。
自惜别离桑梓久,未偕乡老共盘飧。

雪窦山行

筇杖将携试绝攀，古藤老树鸟声闲。
奇崖拔地雄千丈，石蹬通天陡百弯。
瀑下危岩雷隐隐，桥横寒涧水潺潺。
得来方外祛烦抱，忘却人间万事艰。

庐山极顶

独立嶔崎瞰大千，浑沦气象供眸前。
峰高五老排青笋，湖阔鄱阳起白烟。
匡岳云横群峭秀，豫章日出满城妍。
陶潜居处应非远，遥想先生此种田。

夜宿濠河畔

通州一别廿三年，今夜无端难畅颜。
陋巷遗踪寻不得，藏身岁月鬓霜间。

谒骆宾王墓

墓前感慨泪沾襟，耳际犹闻讨檄音。
朝野谁人信高洁，狱中愤作白头吟。

丁酉元日口占

春日高悬霾雾低，桃都枝上唱金鸡。
战鹰列阵黄龙舰，戎马新翻碧玉蹄。
初岁情钟香雪海，暮年心爱武陵溪。
司晨频报丰登兆，天佑昌朝惠庶黎。

● 施提宝

鹧鸪天　生日有感

六十余番春夏骎，青峰沐雨化霜林。蹉跎岁月无遗憾，为有诗书资赏心。　花不发，柳成阴，夙怀梦断湿寒衾。往时恰似烟云散，来日私为报膝吟。

● 卞爱生

丁酉贺岁

祝福声除夕，银屏拜大年。
华洋不同俗，你我拥今天。
兴盛史编看，衰亡殷鉴怜。
老当弥益壮，少小借萤前。
师表鸿儒在，枝头麟凤翩。
新诗词赋古，妙语话题专。
年月流无失，文章印采笺。
好教身体健，加饭一壶眠。

迎春茶会有感

许入迎新学会门，堂前茶话暖如春。
欲凭诗老清言妙，好借江淹梦笔珍。
岁始篇谋开意匠，年经气节著持身。
届时丁酉闻鸡晓，日日教临祖逖晨。

学会新年征稿活动主题为二十四节气。

答董良老师见赠

久处夷门独抱关，知非已识命由天。
曾将佩犊铭心上，未省悲车绝迹前。
猿鹤移文吟正好，子云载酒料如泉。
赠书应许问奇字，一部蛙鸣作枕眠。

● 朱强强

黄　昏

不用丹青研细砂，天空飘过许多花。
千株黄菊夕阳里，万朵红梅染晚霞。

含羞草

风动小红三两回，纤腰楚楚绿成堆。
芳容不给路人看，只向晴空碧玉开。

外滩春景

申城二月似花流，客与春潮一处游。
嫩树扶摇千国馆，彩灯炫燿万家楼。
船行堤外江上走，鸥过人前云下浮。
莫说樱桃姿色好，玉兰早已闹枝头。

● 曾小华

一剪梅　新春企盼

<small>年末，突然腿脚疼痛难耐，不能外出，心绪愁哀，特别感受到健康的快乐。</small>

　　欲送丙申丁酉来，芳影暖意，元月梅开，暗香寻趣上春台。一领欢欣，情满襟怀。　　窗外清明窗内哀。伤痛难耐，心绪愁咍。祈禳残岁病灾埋。康健无忧，快乐常栽。

念奴娇　贺中国人民解放军建军九十周年

　　反思清末，竟逢战皆败，耻冠今古。积弱积贫任辱侮，列强瓜分难阻。多少英豪，揭杆奋起，忠骨留新墓。蹈危救国，唯工农慷慨赴。　　放眼今日中华，国强民富，当有雄兵戍。导弹隐歼航母布，一箭多星神武。复兴宏图，粲如霞曙，光耀神州路。寿筵书梦，佑江山万年固。

● 陈嘉鹏

访　梅

群芳傲立一红梅，耐得风霜雨雪摧。
墨客毫端流万古，诗章韵律上三台。
姿娇美艳倾情展，秀异清香幽寂来。
依恋游人皆似醉，回眸举步又徘徊。

七秩感怀

毋须感慨已称翁，笑对人生不觉空。
随遇而安方是足，吃亏是福继家风。
诗词曲赋常吟味，流水皮黄亦用功。
更喜儿孙俱努力，绩优岁岁起莲蓬。

● 高鸿儒

今日春分

人嗟春月雨相侵，天道犹怀济物心。
昼夜均分今乃是，公平二字世难寻。

迎新有感

时逢除夕近新年，但爱华亭稔雅弦。
巷陌纵横寻迨万，街园迤逦数逾千。
浮云不系是非地，造化无为臧否天。
据案索题思分处，腆颜还赋续貂篇。

春风袅娜　题于腊八

朔风犹乏力，六出深藏。时腊八，雨丝扬。昨宵应还梦，赋吟梁苑，骑驴索句，独钓寒江。佛祖升天，由来谁晓。万户唯闻羹粥香。但恨尘霾掩蹊径，空教疏影照溪塘。　　新岁已然在望，徒增马齿，莫非是，竟老冯唐。青云志，岂迷茫。魔都盛景，远眺凭窗。收拾心情，重调弦索；布新易旧，打点轻装。行程更启，乃教阴翳净，春风吹碧，喜沐朝阳。

● 黄心培

清平乐　赏梅

一

迎霜纷绽，冷对阴晴变。纵使尘霾频扰乱，自把春光呼唤。　　祖宗留下基因，饱经千劫仍存。甘藉漫天风雪，寒中炼就香魂。

二

不求神佑，更耻窝中斗。宁为远山铺锦绣，共把春情泄漏。　　既欣三友心连，耻标五德追仙。风骨绝非鸡骨，由它得道升天。

三

韵由魂铸，竟被群芳妒。玉蕊冲寒无反顾，哪怕苍穹震怒。　　苦怀一片冰心，为迎千古知音。旷宇霜风虽劲，清香自透瑶琴。

四

檀心绿萼，五出枝头着。纵使上苍多作恶，不改千年承诺。　　映溪疏影千堆，无声自酝惊雷。一展中华神韵，美名赢得花魁。

五

破冰何痛，韵入琴三弄。敢傲天寒加地冻，可是心中有梦？　无言耻附空谈，暗香传意谁谙？漫道孤芳寂寞，高怀本不趋炎。

● 王　惠

元旦夜饮舟上

长风扰客尘，温酒叙平津。
醉饮千江月，归来一树春。

菩萨蛮　丁酉早春与友赴古猗园赏梅茶叙

梅花落处春寒骤，风光更逐长桥瘦。鹤立白苹洲，镜开烟水收。　日暝堪细辨，绿萼参差剪。漫问五峰中，才邀深浅红。

● 陈耔澐

示　儿

家有小文昌，呼啸立志扬。
晨曦舒百卷，夜梦读华章。
映雪冬窗白，焚膏夏日长。
三更传梦笔，一夕满庭芳。

南乡子　离筵

暮雨湿流光。归客方知日月长。灯冷樽残伊去后，扬扬。风舞芭蕉竹簟凉。　无意诉离觞。痛饮原来别有肠。何必银蟾邀玉兔，跄跄。今夜斟杯三万场。

● 卢 静

曼谷水上市场

一

湄南河畔画船中,两岸贾商西复东。
云集舴周皆为市,摩肩叠迹且相融。

二

晚来椰树万山屏,踏醉寻芳点点萤。
旧事浮沉明灭里,波光摇碎月珑玲。

● 张 静

霾之殇

灰缦冗云日月羞,阑珊尽处枉凝眸。
追风问露寻清涧,拨雾驱霾逐秽流。
为唤晴岚穿四季,才求神器滤三秋。
银河漫漫清辉照,梦里青山枕碧流。

青玉案 二十四桥

佩环韵响和词调。访故道、音飘渺。水月云花山未老。洞箫吹影,玉人何处,试问离人草。

长桥画舫笙歌绕。广陵散、嘶声有谁好。斜倚阑珊抚梦杳。六朝遗迹,半城烟柳,雨打风吹了。

● 裘 里

夏 至

一

鲤池长不扫,兰草懒抽枝。
掩卷思难得,葱茏唯鸟知。

二
今宵有子期，佳酿误人归。
凉夜星疏朗，长空岸火辉。

记月牙泉载客骆驼

春风已裁碧罗裙，腰沉月牙影三分。
半曲箜篌铜铃响，香冷十里蕊氛氲。
骆驼身老亦妩媚，商人催发为谁闻。
瘦骨脏腑无所祭，壮兮力拔五千斤。
嗔笑怒向南北客，土冢青玉古今坟。
嗟尔春暖何处宿，不敢随马逐利群。
自惊行尽天涯路，关外孤月更愁君。
梦里生涯独不见，少年未识李将军。

● 郭四清

雨　水

山川新绿涨，禾野蔚然菁。
不识东风趣，奈何种物生。

清　明

重祭青山冢，宜思白骨堂。
烟消香客散，唯有泪千行。

油　菜

寒露清秋作嫁妆，枕冰卧雪土中藏。
春风压境千重绿，阔野浮香一色黄。
蝶恋蜂追朝日暖，花纷叶落角丫昂。
舌尖难断辛酸味，独我青衣识小康。

● 金苗苓

摊破浣溪沙　香港迪士尼

春节游玩迪士尼，迎来五彩大公鸡。小辈欢骑转圈象，忽高低。　极速惊魂山矿路，雨林热带险舟驰。闲坐公婆新岁议，冀安怡。

画堂春　太平山

缆车直上太平山，群楼矮小如玩。维多利亚港蓝湾，色胜苍天。　步下岩间坡道，茂林险石花妍。老来五百米回盘，犹像青年。

长相思　南丫岛

索罟湾，榕树湾。十里氧吧心里欢，汗珠小雨连。　芦须滩，圣爷滩。八位游泳百位看，孩童戏水边。

<small>南丫岛有索罟湾、榕树湾两个码头，及芦须城、洪圣爷湾两个泳滩。</small>

● 董　良

水龙吟　谒骆宾王墓

南冠西陆沉吟，谁知露重风多扰。白头衷衮，谠言胸臆，与蝉争晓。情思高寒，请缨无主，莫教轻矫。把檄文投算，犹疑卵石，徒有咏，全忘了。

何不冰藏籍灭，向南山、松梅自老。乞名追禄，仰人鼻息，空怀儒道。李室何干，武家何胁，一般浮莩。及悲天悯地，荒山夕照，泪横多少。

<small>"谠言"，直言。</small>

簇水　登狼山望长江

自古奔来，苏词范记随心剪。多情骚客，梦笔里、山移江转。读遍娜环九九，不及狼山晌。竟使我，渺然魂断。　　江涛演。谢屐裂，三千白发，皆不尽，猿猱喘。浓霾薄雾，似欲破、春蚕茧。远影千帆百舸，万里宏图捲。濒东海，更有鲲鹏展。

"娜环"，天帝藏书处，泛指图书馆；"谢屐"，谢公屐，此借指旅游鞋。

水调歌头　参观南通博物馆与张謇对

明有徐光启，张謇晚清时，中华欲强大，改革莫迟疑。阅罢纺纱织布，举首仰天长息，中外两相违。莘莘大中国，且似在郊卑。　　国多敝，公侯窃，噬民脂。启吾民智，教化应是废王基。可惜维新百日，却被猿残狐贼，謇謇瓢蠡。今日大潮至，逆者悉风吹。

"謇謇"，正直之言；"猿残狐贼"指袁世凯、吴佩孚等北洋军阀。

● 谈俭华

蒲公英题照

银须鹤发显精微，光照丝丝总赋归。
冠冕绒球游历去，来年更见雪霏霏。

参观金山荣欣书院有感

商汤后裔避陬乡，仕宦崎岖纂典章。
大道访聘行水德，博文失瑞断柔肠。
六经搜整儒林授，十翼编修周易详。
孔圣贤门今古赞，荣欣礼乐绍承扬。

● 陈剑虹

母亲米寿感怀步胡中行教授原韵

陈酒盈杯贺晚晴，华堂致语醉天明。
恋歌一曲心中唱，再续三生母女情。

梨花落

玉雨霏霏陌上妆，绿窗绰绰叹春芳。
一勾霁月思几度，满树清风入半觞。
白雪含香流影淡，碧纱笼素锁心凉。
年年飘落梨花梦，化作诗人笔下霜。

● 华锡琪

范　蠡

南阳贤圣志难酬，事越精忠二十秋。
生聚兴邦思国策，忍欺受辱作人囚。
家财万贯散黎庶，相印两番弃壑沟。
无数功名成就者，几人湖上弄扁舟。

信陵君

倾家待客面含春，倒屣延英心底仁。
执辔夷门获良计，纳才屠肆得奇人。
无奈金槌夺晋鄙，铁掌有成驱暴秦。
侠义威名传万世，高风刚骨念黎民。

● 周樑芳

秋霞圃

嘉定城中藏翠华，三园百载凝秋霞。
叠山曲径筑幽静，断岸滴泉流福遐。
古瓦亭楼显风格，方壶天地属仙葩。
桃花潭畔瑞光照，池水今朝汇一家。

新岁抒怀

望岁寒冬候雁哀，雾霾盖地已成灾。
往年轻约报应现，今日重规难拒来。
净境生财是正道，救时施技筑高台。
唤醒天秩归常态，再咏神州不染埃。

西江月　丙申十月十五赏月

红月如期神秀，昏霾似约寒羞。丙申昨晚雾侵涯，难睹星河绮态。　　潮汐随君轻舞，凝尘梦路讴歌。何年昵近对嫦娥，望遣浮槎邀我。

● 何全麟

春节回家

一

回家之路脚难停，挂肚牵肠谁系铃。
春草不言思雨露，几多晨梦聚荧屏。

二

高堂别梦几难停，千里儿行似系铃。
纵有微信传问候，亲人团聚胜荧屏。

迎丁酉年

东海春潮涌动欢，金鸡报晓泰山巅。
复兴重启长征路，改革深耘赤县田。
德润民情扬国学，法安社稷效先贤。
桃花源里梦寥廓，不忘初心旗帜鲜。

● 高　刚

公园游

公园游日日，入眼满时痕。
老叶复铺地，嫩芽初爆根。
新波追逝水，旧影笑今尊。
悄悄天机演，何来彭祖论。

送家兄

梅花金蜡蜡，为送倦人归。
天阁瑶池近，母妻温席围。
三生朝彼岸，今世入斜晖。
此刻魂何处，茫茫对翠微。

小聚步师韵

白发师生一聚之，情同年少状如痴。
谁言轮上季师弱，裘韵铿锵恨听迟。

与诗友商榷

久仰先生鹤立群，涩词僻字遇知君。
心歌似应与时合，妙境无关翻典勤。
酬酢浅辞非陋俗，推敲深意勿猜纷。
古来诗魄自明月，夫子相交递奥文。

● 钱海明

瞻大钟寺

木兰居觉生，源溯到雍清。
檐铎追风韵，寺钟催晓声。
铭经无尽藏，传世历朝更。
客至犹停步，欣闻礼乐鸣。

"觉生"，大钟寺原名，建寺雍正十一年（1733），铸于明永乐年间，故称永乐大钟。"无尽藏"，佛教语，谓佛德广大无边，作用于万物，无穷无尽。

咏李时珍

悬壶济世古今传，一部典书良药全。
屡涉群山寻解术，遍尝百草挽回天。
杏林花暖濒湖漾，橘井泉香本草妍。
五百春秋夫子在，黄岐园里后生虔。

《本草纲目》和《濒湖脉学》是李时珍最重要的药学和医学著作。濒湖，为李时珍的号。

● 郭幽雯

学诗感怀

细雨微茫草露滋，岸边烟柳燕穿枝。
虽无题柱茂陵笔，但效负囊昌谷词。
书到用时方恨少，年衰闻道未嫌迟。
东风催动春潮涌，化作甘泉酿好诗。

咏桃花

夹岸霞舒满眼春，浅深灼灼不沾尘。
裁绡剪锦风华艳，叠彩重绯景象新。
戏蝶留连绕花舞，啼莺自在压枝频。
红英试问欲归处，愿伴武陵溪上人。

项 羽

天生异相目重瞳，逐鹿争锋一代雄。
神勇无双拔山力，气豪盖世灭秦功。
鸿门放虎遗辽患，垓下别姬悲上穹。
当日如从范增计，何须羞赧面江东。

● 楼芝英

探 梅

莘庄公园白梅盛开如雪

清如冰雪骨，疑是咏絮才。
寂寞红尘远，为谁执着开。

借黄仲则句

为谁风露立中宵，怕寄云书雁路寥。
忍看花眠听更漏，还怜月冷忆琼箫。
犹将夙诺来生续，空说轮回彼岸遥。
终是银丝遮不住，残莲秋老叶堪凋。

蝶恋花 探春

一树残梅迎旧友。烟雨霏霏，点滴沾衣透。轻湿枝头花醒否？梦里还把春门扣。　　却是悄悄春已就。新燕啾啾，水暖雏凫逗。底事东风梳细柳，翩翩拂我探春究。

● 郑荣江

李贺之殇

缥缈青冥白玉楼，伴言低首慰萱愁。
瑰奇至此仍惊世，悲慨苦吟无怨尤。

尊道守真

丁酉草芽春润滋，杏坛鸣鼓发新枝。
步趋再谱师生曲，役志重歌朋友词。
掷地辞条方悟入，献芹函丈未嫌迟。
夕曛无改王陵戆，尊道守真勤写诗。

● 曹 森

铁树开花为陈石年兄题照

闲来观玉树，酷暑话严冬。
新绿承光启，雄姿现发踪。
朝天香一炷，绝地影孤峰。
深历风霜冻，方知得后恭。

丁酉元宵夜

隔窗难觅鱼龙舞，飞控调台寻古春。
一碗汤圆一壶酒，静听淡月忆良辰。

蝶恋花　洛阳牡丹

春笑中原春事报。姹紫嫣红，绿叶还争早。一夜雨昏寒意闹，新枝嫩蕾群芳倒。　傲世群芳残谢了，愁黯低眉，雪夜风花搅。独有花王銮驾到，天香国色谁争俏。

● 贾立夫

回乡吟草

进山村

青溪汩汩漫金秋，白鸟啾啾闹不休。
牛犊也知山外客，殷勤带我入村口。

寻老宅
犬吠鸡飞日半斜，遍寻老屋已无家。
松风记否当年事，三两顽童摘枣花。

晤表妹
冻云压地雪飞天，一别魂牵梦未圆。
半世但惊鸿影瘦，潇潇夜雨话缠绵。

访旧友
宅前垂柳相迎迓，檐下明月煮淡茶。
世事沧桑情未老，流泉声里听琵琶。

祭双亲
云山雨霁冷灵台，千里探亲酒二杯。
一曲长歌飞碧宇，且看双鹤久徘徊。

● 张宝爱

中华美德赞

敬 业
入室升堂是否难，若怀大志不言烦。
卧薪勾践成梁栋，画蛋芬奇撼厚坤。
磨杵成针诚可叹，闻鸡起舞更应尊。
桑田沧海留真理，敬业行行出状元。

守 信
古今贤达美名垂，守信修身不可移。
凭德待人松作范，以诚共事竹为师。
天酬壮志心高远，海纳江河量益滋。
叶盛基鸿多寿福，枝荣本固创神奇。

为善

盛世中华福寿康，欣观美德遍城乡。
鳏居老叟乡邻守，离散孩童志士帮。
迷路踟蹰人指道，危难支助手留香。
善行天下新风现，再上层楼绘锦章。

自律

酒绿灯红诱惑牵，浮生难免旅程偏。
堂前莫说他人短，胸里常存先古贤。
垂范率先多检点，防微杜渐不沾鲜。
须眉勿作亏心事，必得人尊寿百年。

● 王伟民

看央视中国诗词大会

丁酉东风已劲吹，诗花万朵斗芳菲。
昔年李杜啸吟地，又出贤才得嗣徽。

● 钱建新

整理故纸输机保存随感

甘苦忙闲童趣浓，繁华不羡少年行。
史无前例经风雨，为国投身志向明。
惊水弄潮听百羽，攀崖临瀑一杠横。
回游忆海千重浪，汹涌涟漪总是情。

前四是我童年、少年、文革期间和三线建设回忆录的标题。光阴荏苒，时过境迁，恩怨已泯，唯存怀念。

● 束志立

观央视中国诗词大会有感

一

阵容何壮眼前开，满腹玑珠上赛台。
答对铿锵迎战手，欣看小将显诗才。

二

古韵悠悠溢满楼，中华瑰宝展风流。
含英吐玉拏云手，夺冠还看后俊遒。

三

述句吟诗缘宋唐，纵横捭阖口含香。
何当酌句心灵内，超越先贤锦绣章。

鹧鸪天　悼女飞行员余旭

噩耗惊闻陨碧空，泪盈双袖惜飞鸿。壮怀未展英雄志，励志欣看俊杰龙。　巾帼伍，九州骢，一腔热血染旗红。今宵彩凤芳魂断，化作精灵住月宫。

● 刘贵生

春

大地融融万物苏，牡丹国色李桃铺。
蜜蜂嗡唧忙还乐，飞燕呢喃归更愉。
夜雨抽生千箨竹，新雷唤醒一愚夫。
无情岁月催人老，年计于春惜白驹。

夏

在高楼林立的都市，以空调降温，似不如儿时乡村原生态凉爽舒服。

夏天暑热盼清凉，逐绿追阴有妙方。
藤蔓连连牵屋顶，竹风习习拂居旁。
三寻井底西瓜窖，十丈河心游泳场。
星斗缀空何浩渺，喜听奶奶说牛郎。

● 张涛涛

天水火车站别友人

一

缘起寒窗志趣同，十年一遇感匆匆。
万般情愫还依旧，除却青丝少几丛。

二

重逢还道是寻常，未别即期来日长。
只怕人生无定数，江湖相约已相忘。

咏 鸡

赳赳雄姿大将风，司晨守信亦从容。
身披彩服同金凤，勇冠家禽斗毒蚣。
茅店月明催旅客，岸边水急怨蛟龙。
愿期唤出扶桑日，四海光明天下雍。

相传鸡原有角，被龙诈借不还。鸡向龙索要。龙钻入大海一去不返，鸡只能望水兴叹，后悔不已。

● 夏建萍

浦江镇新居杂咏

一

浦江新辟地，小镇置新家。
门对溪流直，窗依竹影斜。
园深宜种树，盆旧尽栽花。
孰谓平生乐，山炉欲煮茶。

二

吾家虽处远，小院自芳菲。
曲径浮花气，幽居隔铁扉。
春兰迎客至，夜月送人归。
偶尔无闲事，清思对落晖。

三

初疑尘世隔，寂寂静无哗。
地种长年草，园开四季花。
青林飞白鸟，绿叶映朝霞。
别有庭中景，春光落几家。

四

向晚寻芳去，郊园久未晴。
中天无半月，小径尽残英。
树动侵灯影，风回杂雨声。
幽怀谁解意，寂寞数枝横。

● 吴承曙

丁酉新正口号

岁属金鸡唤曙光，云天火凤已飞翔。
和平发展乃心愿，毋忘提防黄鼠狼。

观中国诗词大会感赋

不坠箕裘大雅声，吹花嚼蕊看群英。
满堂已醉黄钟乐，更觉此中雏凤清。

● 王德海

冰窗花

昨夜寒风鸣笛箫，今晨窗绣百花娇。
晶莹剔透珠帘幕，形态千姿学玉雕。

观中国诗词大会第二季有感

词诵擂台众达人，飞花令起赞声频。
五千穿越祖孙乐，三百巡回巾帼神。
广揽名言临瀚海，贯通龙脉震嘉宾。
诗归大地山河秀，李杜润枝华沐春。

水调歌头　韩湘水博园

江畔画廊岸，申水博园都。古桥琪树，含真群落古明珠。绿水之滨碧翠，故事千年凝重，韵味自然殊。闲步五桥拱，恰似瘦西湖。　崇生态，护源水，引凤雏。修园福慧，大禹波上绘龙图。伟岸芦花敛衽，留得源泉清澈，涵养浦江初。愿和泽长久，彭渡不踌躇。

● 庞 湍

同心结

谁绾同心结，当春乃发芽。
今生不放手，一路向天涯。

上海早春赏早樱

双休春日乐游哉，阵阵清香风送来。
借问行人何处去，顾村园内早樱开。

金伟国的鸟哨

鸟哨一支因有心，奇人吹出八方音。
天堂设在东滩地，北往南来万鸟临。

金伟国是崇明岛东滩的养鸟人。

● 刘绪恒

梦　境

醉饮林中怀旧事，千般翠绿化苍苔。
山闻一夜新春雨，水漫星晨古井台。
骑鹤任凭云聚散，乘风欲学鸟徘徊。
紫烟解得青牛意，尽遣虹霓入梦来。

逍遥行

陶诗才读两三篇，赢取山居百日闲。
曾入云端寻古寺，又逢春雨洗凡颜。
无忧方觉涧溪暖，心静不闻尘事艰。
难得人生无惑处，清泉一捧谢青山。

秋雨声中读老庄

疾雨秋风吹叶黄，闲庭旧榻读奇章。
实虚罔有皆相应，得失盈亏无短长。
守静常怡知淡泊，逍遥自足隐珉光。
他年我若成蝴蝶，亦共庄周话梦乡。

● 虞通达

太湖源头

跳珠喷雪吐虹霓，泄壑奔崖动鼓鼙。
我自春申探峡入，尔于天目向空嘶。
时平生态同时美，核热能源与核齐。
三万八千太湖水，出山即已作骙骊。

会稽山古树三老

千年古树山茶王、枫香王、银杏王深藏会稽山香榧国家森林公园，叹为观止。闻外来富贾欲出金五百万购山茶王，被村民拒绝。

山茶银杏与香枫，携手并肩抚昊穹。
皴干如钢犹勃勃，虬枝似铁尚童童。
不亏雨露生成力，尽得乾坤造化功。
远拒尘嚣仍淡定，千秋翠盖大王雄。

卜算子　谒钱王陵

保境护蒸民，无虑钱塘小。五代纷纷斗虎龙，独见东南好。　　纳土事中朝，不立偏安庙。捍统高风自古昭，对岸该知道。

● 季肇伟

渡江云　纤夫泪

溯江行万里，嗨嗬彳亍，号子震山梁。一绳牵曲背，暴晒青筋，涉水踏川江。摩肩浃背，不平路，头顶骄阳。神女泣，鬼门关侧，跋涉过瞿塘。

天长，川江东注，蜀水西倾，怅回身承望。巉岭下，滩涂碎石，雨雪风霜。涛声怒拍胸中壑，日暮沉，身瘁凄凉。谁与诉，千年未醒沧桑。

钗头凤　环卫工人赞

轻挥帚，一双手，戴月披星街上走。橘衫裳，不嫌脏，汗流浸背，马路新妆，光、光、光。除污垢，不言臭，通渠扫巷无疏漏。为民康，汗馨香，慰君劬苦，三百六行，忙、忙、忙。

此词用唐婉平仄韵转换格。

● 张冠城

二·二六血透两周年书怀

将息难安二月天，沉疴积重近峰巅。
相如消渴千金赋，元亮冲冠五斗钿。
忍把余生栖病室，还从逆境觅诗篇。
老吟月下闲愁里，杨柳春风又一年。

客　至

走亲探友新春日，发小连翩到访来。
两鬓清霜无再少，一江逝水岂能回。
参商行迹话千句，苦乐人生茶几杯。
犹记儿时多趣事，闻香流涎傍锅台。

<small>丁酉正月初三，发小阮乂月琴伉俪及新民先后来访，言及儿时趣事，抚掌大笑，而今俱已老矣。杜少陵之客至与赠卫八处士情境悠然滋生也。</small>

忆江南　杭州西湖雪景

断桥雪霁

西湖雪，好是雪初晴。雪断蓝桥缘亦断，情殇鸳梦泪眸凝，恨水已成冰。

曲院雪荷

风吹雪，白絮漫飞英。曲院莲田荷荡里，犹闻天外奏瑶筝，煮酒品莼羹。

● 苏开元

天　池

半山嵌明镜，晴翠掩三池。
鱼吻云峰影，鹰翔戈壁移。
牛羊饮芳甸，松柏竞苍螭。
一览神仙境，惜叹客旅迟。

<small>新疆天池景点共有三处高山湖泊。</small>

喀什古城

边塞小城老，百年西域姿。
宇楼涵典雅，街巷错迷离。
出彩尕巴汉，飘然罗缎姬。
弦歌迎远客，古郭焕新仪。

故　里

跃上葱茏紫气萦，几排黛瓦沐新晴。
千年必吉岭含韵，九曲珠溪河作声。
风水弥山毓灵秀，膏粱出泽竞豪英。
耆翁一碗猴魁草，故里相酬游子情。

必吉岭，指先祖苏继芳弃官隐居，于公元1135年率家族避兵乱，行至皖南必吉岭驻居，后名岑下苏村，至今近九百年矣。珠溪河，指村口流经的一条河，长年清澈。猴魁，家乡太平的名茶，曾获巴拿马世界博览会金奖。

● 沈钧山

上海皇廷花园酒店

一园惊现市郊东，翘角飞檐出绿丛。
背倚长川滋柳岸，面临高路入云空。
珠联璧合玲珑石，墨彩文华博雅宫。
阆苑焉能如此美，举杯欢咏漾春风。

● 蔡武国

鹈鹕水鸟

羽毛灰褐大喉囊，蹼足肥腴长翅膀。
碧水娇姿乐翩舞，蓝天俪影竞翱翔。
俯身抚慰秀真爱，引颈呕哑诉热肠。
潜泳绝招皆本色，捕鱼高手美名扬。

山景玉雕

玉石珍奇灵感通，精雕细刻大师功。
亭台缥缈紫烟淡，楼阁嵯峨云雾朦。
疏影横斜岩壁外，虬枝叠翠险峰中。
山崖夕照晚霞色，恰似胭脂涂抹红。

千手观音舞

欣逢盛典佛颜开，千手观音俗世来。
南海禅声入天籁，普陀钟响出尘埃。
曼腰共扭迷青黛，纤臂同挥靓舞台。
赞叹新生聋哑女，功勋演艺获金杯。

● 王金山

南昌起义

猎猎军旗拔地扬，铁流首义起南昌。
旄头指处乾坤转，从此工农有武装。

中国诗词大会

丁酉鸡鸣催我侪，满园春色百花开。
中华国粹后人继，浩荡诗风遍地来。

● 胡向东

四月三日吟诗二首

昨日上午，学长王金山赠我诗文集《晚晴》，后陪其探访旧宅张家巷。三十年前旧宅被二军大征地拆迁。上世纪三十年代初建造的两大建筑，民国市博物馆现为医院影像楼，中国航空协会飞机楼现为二军大校史馆。

陪金山兄探旧宅

校友诗俦踏岸行，虬江河道水澄清。
新居林立路难辨，旧宅搬迁巷不明。
博物馆中华彩绘，飞机楼上紫烟生。
春光满目重回首，今日寻芳桃李情。

读金山兄《晚晴》诗文集

曲赋诗词墨笔勾,贤才习作晚晴留。
严尊格律豁边绝,善择文澜意境求。
凤舞龙游尽潇洒,山清水碧不轻浮。
耕耘十载一朝醉,稼穑来年再答酬。

● 董明高

诗笔不辍

负重犹攀进,身轻久赋诗。
灯残御河别,梦醒帝乡遗。
吟诵有馀兴,继承无尽期。
肠枯勤逐日,不忍屡伤时。

入 冬

稀龄更馀七,有道尚年轻。
纵使机缘好,难为耳目明。
人眠别秋月,我醒接钟声。
老子难还小,防寒告早行。

开封菊花节

兴在寒秋里,心惊目不暇。
冰霜人隐度,景象客矜夸。
节事依然定,花期不必查。
风姿万中一,百味出方家。

● 张志康

咏悬崖劲松

危崖何突兀,松挺半根悬。
处峻风光绝,岿然志自坚。

又到南湖

南湖烟雨正当春,又见红船焕沐新。
莫问风云多变幻,和衷共济领航人。

六八小寿作竹枝词逢节吃熟

欣逢六八阳光灿,亲擀面条庆寿辰。
兼作竹枝添兴味,板油菜苋绿生春。

● 李枝厚

惜 福

国家逢盛世,幸福老年人。
生活无忧虑,敬耆多热心。
常思贫者苦,不忘党民恩。
优裕持艰朴,良风传后昆。

忆韵海心声停刊周年

畅游韵海十余年,倾吐心声多万千。
无奈停刊人亦老,情凝三集笑人间。

● 李文庆

丁酉新春

隐隐郊原听早莺,梅花塘畔晓风清。
金鸡一唱丹霞动,放眼江南绿野晴。

洪泽湖口老子山春行

丹山三月灿如霞,篱院融融桃李花。
细雨微风催秀色,娇枝嫩蕊透韶华。
窗前渔港忙开市,湖畔琼楼唤上茶。
春醉不知身是客,轻舟芳草恋天涯。

望海潮　回绍兴

　　鉴湖凝碧，稽山叠翠，古城如海新楼。修竹峭崖，清风绿水，东湖竞渡篷舟。纤道步悠悠。抚沈园柳老，叶茂枝稠。车奔兰亭，芳溪浣女笑声柔。

　　故园自古风流。仰巍巍禹庙，功业长留。尝胆卧薪，图强雪耻，久闻生聚良谋。只手挽神州。慕竞雄女侠，浩气千秋。一代文豪，笑看桑梓誉寰球。

● 张忠梅

元旦偶成

　　昨夜寒梅初绽新，今朝霞满浦江滨。
　　金鸡声里晴风动，催绿神州万里春。

耘圃感怀

　　芳园忙碌自欣欣，歌伴精耕细细耘。
　　唤得东风催嫩绿，引来甘露润清芬。
　　竹青菊茂迎明月，梅馥兰幽吟彩云。
　　喜遇艳阳春色好，多情天道总酬勤。

渔家傲　纪念八一建军节

　　故国当年云雾漫，忍看腥雨屠刀乱。泪水揾干张弩箭。怀宏愿，南昌义举军基奠。　　浴血沙场千百战，井冈师会旌旗灿。星火燎原红禹甸。征程远，三军豪气冲霄汉。

● 胡 息

生查子　钻石婚感怀

翱翔天地间，风雨同巢鸟。给养不分家，雪压共挥扫。　　今多走马婚，郁郁单亲草。奉劝后来人，原配夫妻好。

● 沈志仁

秋　雁（新韵）

秋高气爽雁南飞，一字长蛇纪律威。
越上高山千百丈，低能蹈海万寻追。
亲情落脚栖身处，友爱齐肩觅食归。
天暖思怀居旧地，排开人字把家回。

赞新能源汽车（新韵）

公交巴士显威风，电动新车往返中。
起步向前快如箭，噪声消后慢无吆。
节能环保零排放，乘座宽舒露笑容。
生态崇明添绿色，出行便捷旅途通。

● 顾方强

春　思

一

一蓑云梦里，野棹寄安闲。
新雨斜斜织，坐观草泽间。

二

夕照鳞波叠，冬醪饮薄寒。
杯空人未醉，春涨尽余欢。

三

东风熏暖日，柳下忆晴川。
寂泊心无定，将辞渡海边。

四

飞红春满目，千瓣染平湖。
半醒遥思起，餐霞弄玉酥。

● 余致行

芦笛岩

桂山漓水绝姿容，更有天宫丘腹中。
阡陌条条筑金路，嶂峦座座叠银嵩。
东皋玉宇千家乐，南亩芳图五谷丰。
洞里桃源华夏梦，终将圆出与仙同。

高阳台　神舟飞船

赤县升空，红旗卷宇，威惊轨迹乾坤。天国宏图，山光水色颜新。珠峰载得黄河曳，赴星球、装点三春。入仙门，日海提金，月嶂开银。　嫦娥篆袖诗词迓，列持花阶婢，捧酒宫神。驿站相衔，对联高挂舱身。天堂直指驱龙凤，架鹊桥、霄壤栽墩。志休逡，峭道千寻，重担千斤。

画堂春　桂林

象山驮得广寒归，人间天上难窥。嫦娥植桂郁芳菲，蟾兔惊奇。　晴水云眉百态，髻峰岩钿千姿。雕楼画殿迓江隈，仙界槎飞。

● 方建平

丁酉元日寄友

好句醉中寻，清音月下吟。
春风又今日，遥念故人心。

挽上海楹联界元老顾延培先生

顾影心怜甚，呼公已不来。
鲜花新岁放，沃土故人培。
枯木从孤垒，寒岩率众开。
追思功德事，一念一悲哀。

● 姚伟富

观摩中国诗词大会

金戈铁马令人痴，似水柔情竟拜师。
沉醉骚坛终不悔，梦惊诗友两相知。

欣闻江西井冈山市率先脱贫

难忘红军上井冈，一腔热血洒疆场。
今传喜讯催人泪，尘世天堂盼小康。

怀念叶挺

铁军北伐扫群魔，枪响南昌将帅多。
转战江淮同抗日，魂归延水听囚歌。

● 蒋 铃

园中梅

花颜红白乱纷披，老干虬枝各自奇。
挺立寒风迎雨雪，凛然惟汝露英姿。

盆栽梅

轻红淡绿幽香动，嫩蕊破寒斗雪开。
今日方知盆内好，林边水浒岂成材。

古猗园赏荷

荷风过处夏池凉，淡白深红尽吐芳。
少有蜻蜓莲上立，更无翠鸟梗间藏。
污泥不染身心净，清水难浊志气昂。
且喜人人都爱汝，花开时节动南翔。

● 周贤彭

梅 花

一

临窗独坐品茶闲，偶见春红疏影间。
借问赏花何处好，细香微度小重关。

二

玉树银花剧可怜，烘霞映月复年年。
几枝倒影丝丝雨，千树浮光淡淡烟。
不与春芳争艳色，却随风雪独喧妍。
南园见说惊苞放，香彻江东一片天。

● 陈绍宇

贺 C919 首飞成功

航空报国情思远，追逐民机几代人。
直插云霄英武展，蓝天逸翮梦成真。

有幸在现场参加 C919 首飞仪式，看到这款我国自行设计制造的大型客机成功起飞，眼睛都湿了，感觉付出的一切辛劳都是值得的！

● 曹祥开

仙华山

偕友仙华上，微风细雨稠。
黄花添画意，红叶染村楼。
小径盘峰过，清泉涌石流。
登高临绝顶，一揽众山秋。

下渚湖之夏

十里湖光景色妍，游舟远望在云边。
荷花怒放迷人眼，白鹭争鸣戏水天。
芦荡岛中添逸趣，柳阴亭内结诗缘。
谁家高唱渔歌至，满载河鲜到客前。

● 卢景沛

丁酉重游扬州故地

腰内未曾缠万贯，暮春时节下扬州。
茶园会友追陈梦，故苑寻踪念逝舟。
琼朵虽残存异趣，芙蓉方盛溢清幽。
欣看湖上夕阳灿，何必对花悲白头。

清平乐　忆解放军进入上海
——纪念建军九十周年

　　炮声渐住，扉隙频窥处，檐下大军晨宿露，信彼体民疾苦。　　春秋九十争攀，雄威壮贯云端，堡垒何能永固，民忧牢记心间。

● 王先运

退休学诗题记

告老书生犯幼痴，学研平仄乐不支。
十天写瘦一湖水，两载吟成半首诗。

读别云间有感

悲歌慷慨别云间，年少英雄义薄天。
吟到诗中断魂处，激情如炽泪如泉。

《别云间》为夏完淳的绝命诗。夏完淳（1631—1647），松江华亭人，夏允彝之子，师从陈子龙，十四岁随父抗清。父殉难后，与陈子龙继续抗清，兵败被俘不屈而死，年仅十六岁。以殉难前怒斥洪承畴称名于世。抗战时，郭沫若以夏的事迹创作话剧《南冠草》，曾激励过无数中华儿女。

钓 趣

三月钓轻初试纶，青青浅草柳丝新。
一轮红日穿堤树，半浦黄萍绕渡津。
坐看蜻蜓立竿上，闲听鹦鹉唱河滨。
垂漂久静仍心喜，不钓金鳞钓早春。

● 倪源蔚

新春自勉

萧萧落木催旧岁，苍狗白衣难可安。
金凤岂堪樊笼禁，嫦娥须耐月宫寒。
手栽桃李维生计，目过诗书味笔端。
诗画油盐同好恶，春秋无使指轻弹。

观 潮

八月十八钱塘大潮，初于盐官镇观一线潮，后移至老盐仓观回头潮，高三丈许，声若虎啸。人言此乃伍子胥冤魂怨恚，发怒越江。记之。

盐镇城南人滚滚，钱塘坝外钹锵锵。
数行鸿雁凌白日，一线长虹横碧塘。
浪起平沙驹骋浙，波藏绝岳虎哮仓。
潮头横霸逞骁勇，伍子冲冠势莫量。

菩萨蛮 初冬填词

银针千叶悬如雨，抱香一壁繁如圃。雀落赤霞停，人行碎桂馨。 推敲唇内变，竹笔敲杯砚。吟罢捧茶凉，月笼檐上霜。

● 申宏伟

新年随感

梅花缱绻随风转，爆竹辉煌共梦迟。
天上诸神持酒日，人间万姓列筵时。
喜知昨我非今我，漫赋新诗替旧诗。
休道书生难竟业，且将心事问前期。

弘一法师

阅李叔同《金缕词》，中有"二十文章惊海内"之句。夫怀才情以自负，却归般若以济世。不胜感慨，遂成此首。

艺苑纷纷炳奇珍，娑婆数载梦中身。
浮生难忘人须忘，禅意当陈我故陈。
二十文章惊海内，三千梵法拱星辰。
天光水月皆成影，独有风神遗后尘。

菩萨蛮　初冬

天涯孤雁云间觅，凭窗题字心岑寂。风过数重山，人寒枕亦寒。　　夜阑还旧梦，故友来相送。明日雨潇潇，共谁酒一瓢。

● 单超君

新　春

岁更何处不飞花，小径空枝冒翠芽。
夜半城隍烧玉烛，日高庭院抢人家。
重慈悄顾新衣影，稚子欢怜熟雪楂。
席暖无心提别日，新春未至怨冬遐。

"抢人家"，杭州方言，表做客之意。

访故宫有感

古迹而今闹似川，南腔北语曲调全。
抚叹百代论狂狷，顾望千秋思圣贤。
庭院深森砖瓦旧，诗书暗淡意常鲜。
金銮帝子随风散，巷尾黎民永不湮。

菩萨蛮　初冬

晚风烈烈枝头绕，却留残绿花香渺。倚盼月朦胧，烛光映面红。　　柴门儿忽扣，奔走布杯酒。只是别离长，无言待酒凉。

● 古开烈

车次列支敦士登山下

天蓝憎雪白，水碧恋山苍。
异国仙乡梦，醒来爱恨长。

赞市花

阳春毓秀众芳先，曦映芭兰更爽鲜。
玉树临风趋灿艳，琼花驱雾敢娇妍，
昂葩挺瓣迎蜂舞，秉萼涵珠恁蝶翩。
四溢浓香飘广远，繁华痴梦兆丰年。

沁园春　春祀归乡

地近黔湘，青山围盆，绿水绕疆。望龙门内外，峦林郁郁，狮山上下，稻麦茫茫。粉壁棕门，紫厅黄案，有此庄严古氏堂。门楣处、拱钦书宗匾，轩宇留芳。　　宗先无比荣光。引世族、今人志奋扬。颂亶公鼻祖，岐山奠业；笔头吏部，魏帝旌彰。公瑞迁骸，祖华置地，繁衍兴隆时日昌。观今世、正开来继往，筑梦家邦。

"钦书宗匾"，道光钦敕《古氏宗祠》金字；亶公，古姓鼻祖古公亶父在岐山为周王朝奠定基业；"笔头吏部"，一世祖古弼任魏文帝吏部尚书，时称"笔头公"，封"灵寿侯"；"公瑞迁骸"，二十七世公瑞于康熙辛丑年自广迁蜀后，不辞千里，将祖父遗骸背负津邑厚葬；"祖华置地"，二十八世祖华入太学，后在江津龙门置地筑屋，繁衍生息，奠定入川基业。

● 雷新祥

读苏曼殊禅诗

品酒不知天地老，登山常忆少年时。
春秋岁月悠悠过，莫负心头一首诗。

咏　兰

难得冬寒碧色新，积霾一扫去心尘。
缶翁笔下孤高草，又放兰芽重启春。

西江月　咏竹兼赞老同学蔡君小竹盆景

人雅方知竹雅，心高不觉天高。故园泽畔万千条，几个识耶君妙。　　香玉潇湘弄赋，坡翁既望咏涛。柔情浩气宕如潮，竹韵诗心同道。

● 孙余洪

梅　恋

风雨七旬秋，轻松一日游。
扬州梅下醉，相恋夕阳楼。

四时梅夺魁

春兰秋菊不同时，再展荷花枉费思。
梦笑烟霞云彩灿，赏梅疏影岁寒姿。

● 陈昌玲

看同学枝头喜鹊画作有感

喜鹊枝头眸对视，传情会意递温柔。
鸟儿亦有相思语，人更心期共白头。

公园见闻

晨练公园多秀色，草丛漫步赏花拳。
歌声嘹亮珠喉展，舞态婆娑暮发旋。
树下同嬉评翠鸟，河边齐摄对青莲。
吉祥一片温馨景，社稷和谐民众缘。

● 张真慧

采风偶得

三五馋猫观美景，倾樽摄影两头忙。
佳肴秀色催诗意，情绕农家十里香。

祭余旭

三十妙龄非等闲，驾鹰穿越白云间。
舍身报国捐贞魄，折蕙精忠恸赤寰。
自古壮歌彰史册，从来伟者比青山。
群芳园里添余旭，巾帼英雄称号颁。

● 郭云财

朋友苏州游园遇雨

江南细雨挟轻寒，锦绣园林妙手攒。
别有一番情趣在，秋光漫步看雕栏。

中学同学会

一别同窗四十年，悠悠往事若云烟。
溪边共钓游鱼乱，树下分尝野果鲜。
走过青春无怨悔，归来白发有情缘。
每当雨雪封门日，常忆儿时对足眠。

● 潘承勇

练 字

屏息案台前，凝神意笔先。
杏花春雨秀，骏马朔风穿。
点画苍松劲，纵横凤舞翩。
书家悲喜状，泼墨尽心泉。

蝶恋花 寻春

　　冻土渐苏仍料峭，径曲林深，溪水晨光曜。弱柳扶风莺鹊叫，双梅竞绽争春闹。　　迎面东风香缥缈，执意寻踪，独步山村道。远处炊烟笙袅袅，春风早在人间绕。

祝英台近　悼慈母

纸灰扬，香烛泪，心碎汇龙圃。怕过清明，十日九烟雨。子规啼血凄清，慑人肝胆，更难别、回眸凝伫。　梦乡路，萱堂形貌分明，轻摩细柔语。五鼓惊魂，枕湿早胸堵。出门又见飞鸿，可传思念，却无奈、笔沉难诉。

● 刘笑冰

咏　荷

十里花开远近香，堤边湖里美人妆。
一池红绮迎风怯，千领青衫覆水凉。
不惧骄阳烘嫩绿，但忧秋雨打枯黄，
莲衣褪尽芳心苦，犹自争妍未肯藏。

沁园春　父爱

残烛孤灯，声杳人稀，寂寞袭巢。忆儿时梦想，神游山岳；少年壮志，气掩云霄。枕竹听松，追风赶月，三五知交酣醉醪。流年逝，收不羁缰辔，只为儿曹。　柔肠铁骨怜娇。大小事，勤奔波力挑。弃士风侠癖，常亲井臼；笛音琴韵，早换锅瓢。秋染霜毫，春催华发，岁月摧人快似刀。身长健，拾清欢雅趣，乐乐陶陶。

西江月

黄叶萧萧满地，碧云冉冉弥天。京城最忆是陶然，情醉深秋缱绻。　旧影难寻梦断，新词好赋花残。琴书欲寄到云边，休怨年深岁晚。

● 沈珩

咏京剧四大名旦

梅兰芳
菊坛雅韵脉流长，博士花魁御众芳。
指嫩青葱如玉女，腰纤细柳是儿郎。
大师风骨倭奴惧，穆帅威仪寇贼惶。
我有疑思浑不解，曩时何故惹投枪。

程砚秋
贵胄八旗韶稚寒，氍毹一世舞凰鸾。
曾经俊逸红伶界，终是幽沉醉菊坛。
情断荒山珠泪怨，缘交绣袋锦囊欢。
阎君不恤俗尘意，花好追魂夺凤冠。

尚小云
誉驰伶界少年红，缘结双都惠郑风。
金嗓润圆羞翠鸟，银翎轻曼抚长穹。
唱随文武满堂彩，舞任刚柔绝世功。
且喜长荣春尚在，门墙桃李醉唐宫。

荀慧生
卖子贫儿入戏行，经年寒苦淬锋芒。
瑶音笑漾双层幔，粉颊情含一缕香。
犹羡红娘多解语，更欣棠棣巧梳妆。
魂殇浩劫宗师去，无旦不荀流韵长。

● 范立峰

咏 桂

窗外一枝桂，风来万朵香。
霜轻凝绿叶，露重聚樨黄。
月映诗帘满，灯辉秋水凉。
岂知孤读客，独爱此花芳。

立 春

刚别寒冰三九天，玉兰朵朵已争先。
曾烦苦雨欺杨柳，却喜温春啼杜鹃。
淨室焚香送残雪，庭除洒扫踏青田。
借言鸿雁归江北，可寄来年一锦笺。

新春试墨

薄雾微霜毫末聚，新年开笔练难休。
虽无红袖添香夜，但有云魂伴白头。
墨落尽书天下事，纸铺不写俗尘忧。
莫言过往春秋景，我独吟诗在小楼。

● 周融江

读新华文摘三十年

文摘奇开学苑葩，政经史哲汇新华。
卅年阅过胸襟阔，不负初心看晚霞。

九旬老母

曾记门前唤学郎，今依榻下奉高堂。
轻扶白发行时缓，常忆当年竟日忙。
埋首缝纫寒复暑，操心柴米露兼霜。
寿登九秩期颐待，愿报春晖岁月长。

台海思

隔海思乡墨客愁，遥望大陆葬高丘。
久分始议三通事，初合同开两岸舟。
人事变盘翻黑浪，民心固鼎护金瓯。
峡湾驱尽阴霾日，一统江山万里畴。

诗人余光中在《乡愁》中写道："而现在／乡愁是一湾浅浅的海峡／我在这头／大陆在那头。"于右任先生在《望大陆》中写道："葬我于高山之上兮，望我故乡。故乡不可见兮，永不能忘。葬我于高山之上兮，望我大陆。大陆不可见兮，只有痛哭。"

● 马双喜

咏 春

万川新柳拂亭前，春水陂深浅半边。
枯地风号荒世界，长天雪舞兆丰年。
梅枝逸气崖前道，梨树分星宅后田。
欲问人间何暖始，还听布谷唱翩跹。

扬州二十四桥

白石箫声念古悠，江遥月映绿裙留。
走堤极目山凝碧，踏岸还闻鹤唳幽。
廿四桥边人旧影，瘦西湖处迹新游。
此身应合扬州住，湖上谁堪拂逝流。

朱家角偶作

千家烟火井粼乡，画舫三更研与商。
高卷竹帘花树影，静陈端砚墨池香。
舫飞水榭惊雷起，琴抚空轩动雨凉。
星灿月明肝胆照，雁征万里入风翔。

● 吴祈生

渔城石浦

> 宁波石浦，渔港古城，临海傍山，风情古朴。老电影《渔光曲》在此拍摄。滨江广场今建聂耳雕像，以资纪念。

千年石浦育苍生，一半腥风一半城。
帆罟追星升旭日，街坊漫步逗黄莺。
晨归仓载红霞醉，暮起灯燃彩幔明。
滨道提琴成永固，渔光金曲有新声。

生查子　赏菊

雨霁秋阳开，蟹菊添新斝。老友结伴游，心赏花文化。　姚紫卉千姿，浓淡鹅黄雅。虽不见南山，悠然菊篱下。

谒金门　回故里

归客到，沿岸老街曲绕。店铺穿披花外套，哼着新歌调。　历史篆雕祖庙，青石诉吟矜傲。飘过一丝毋忘草，还是乡味道。

● 钟从军

秋　风

我笑秋风枉自忙，秋风笑我满头霜。
它将腐叶轻轻扫，我用余辉慢慢量。

梁　园

轻音隐隐何处猜，万绿丛中似徘徊。
一对门狮倾假耳，半边堤柳拍痴槐。
梁宫几度兴衰尽，枚马何时往复来。
好景今朝逢盛世，歌魂重返古吹台。

沁园春　蒙西铁路经我两个故乡

蛟舞神州，桥跨洞庭，隧贯武乡。看汨罗河畔，歌声亢奋，沩峰顶上，彩练飘扬。两地乡亲，多年夙愿，梦想真成铁路长。怜先辈，靠伐薪烧秆，煮饭熬糖。　煤山炭海汪洋，恨远水难为桌上汤。喜飞车电掣，朝蒙夕赣，移煤海倒，北矿南仓。万里沧桑，八旬老叟，杖柱中庭笑痛捧肠。乘游列，览吴头古艾，楚尾平江。

● 王旭班

清平乐　秋至沙坡头

大漠黄沙、九曲黄河，于沙坡头交汇，黄河润黄沙绿洲盎然，黄沙伴黄河奔走天下。

朔风扑面，大漠长河岸。落日孤烟终如见，千古摩诘一叹。　漫道荒漠无情，寂寂相守无声。万里万年不弃，黄沙黄水同行。

西江月　水火之殇

寒食，绵山之火，千秋祭祀、万户焚香；清明，绵天之雨，千缕愁思、万种伤怀。唏嘘感怀，填词记之。

清祭寒食初度，雨销云翳无收。春江难洗世人愁，滚滚东流依旧。　可叹绵山恨火，绵绵千载无休。只留绵雨注心头，脉脉忠魂守候。

鹧鸪天　夜游雁荡

绝胜寰中有名山，幽峡飞嶂绕岚烟。仙门怏返惜灵运，湫瀑闲题羡审言。　人微醉，意未阑，依稀星色照攀援。灵岩脚下抬头看，夜空深处有洞天。

● 陈晓燕

咏菊二首

一
遍地撒黄金，清寒叩碧心。
香揉多少意，碎影泪轻吟。

二
霜天瘦影迟，冷韵自成诗。
辗转芳菲梦，暗香谁共知。

满庭芳　春梦

嫩柳游丝，素梨莹雪，海棠初吐新红。杏桃争艳，芍药也羞容。看满庭花簇簇，芳情脉，漫醉薰风。春如锦，蜂贪蝶恋，对对入花丛。　　浓浓。云弄巧，雨酥风抚，香软丹溶。月魂轻叩问，谁与幽同？一枕心痕觳起，闻杜宇，华梦成空。眉间事，问花不语，枉自惹飞蓬。

● 杨志彪

阮郎归　题大荒居士雨中睡莲图

细丝织锦入莲园，人声扰昼眠。羞羞怯怯展芳颜。莹莹静静看。　　香淡淡，叶田田。琼珠落翠盘，粼粼点点扣心弦。婷婷袅袅烟。

江城子　丁酉上元夜怀远

冷风吹彻小楼寒。远星单，玉轮偏。一束烟花，映照岸梅残。河畔凭栏谁望月，愁满面，泪潸然。
忽闻爆竹响连天。苦难言，忆千般。遥想昨年，也是素娥圆。物是人非空黯漠，无限恨，付婵娟。

● 朱来扣

江南早春

江南何料峭，薄衣着天涯。
寒雨翻经倦，和风寂树斜。
锦笺湮旧墨，白盏啜新芽。
挥却浮尘客，云缘已别遮。

品读楼兰残卷

疾笔倥偬运自心，书随篆隶纸痕深。
当时留剩飞扬墨，逸趣谁堪入手吟。

花　犯

惯春风，吹红叠翠，如何况滋味。美人如靡，总为尽妖娆，多少哀喜。旧时逸事不胜闻，枝横高处寄。对夕下、丹朱点点，沉吟辜负否。　桃花踏歌逐流云，当年月色照，那堪相似。漫忆道，灯前句，累何人记。樽前酒、有谁可劝？还思量、霓虹光影醉。枝欲坠、叹春如此，一任残梦倚。

● 刘国坚

虞美人　沈园怀古

山阴道上新春雪，犹记伤离别。枝头又蕴腊梅香，更有悲歌残简在铭墙。　残冰裂隙心惆怅，执手何相放。凤钗千古寄情衷，忍向闲花衰草觅诗踪。

鹧鸪天　端午节怀屈原

云蔽青冥月蔽风，山河处处雨空蒙。艾香袅树莺歌静，酒意融江蛟影终。　携米粽、折菖蓬，众生长怨汨罗汹。愿辞浊世青虬驾，步马乘风天地同。

● 郦帼瑛

朝中措　梅

寒英香气淡悠然，袅娜绕窗前。莹雪轻灵起舞，回廊白鹤翩翩。　孤山太远，林逋难见，金府同欢。相约梅花树下，吟诗饮酒如仙。

鹊桥仙　李香君

若尘若雾，似痴似醉，离合对谁倾泪。香君情寄古秦淮，桃花扇、催人心碎。　山河家国，无言相对，无奈奸臣权贵。空怀满腹恨和怨，难挽救、六朝征辔。

清平乐　春夜初晓

春夜初晓，旧匣新词巧。忽见红梅庭院蓼，酥手卷帘问早。　诗雨侵染朱阑，虬枝枯瘦折弯。心雨润滋香土，今宵梦里红嫣。

● 江沛毅

俞振飞诗词曲联辑注付梓漫题一律

呵冻梅轩傍琐窗，寻行数墨几周章。
春风水调歌场趣，秋月磨腔古艳香。
应叹先生诗意好，却惭后学腹肠荒。
效犎附骥生刍祭，但爇心香为奉常。

浣溪沙　奉题安亭草阁填词图敬次周退老原玉并颂百岁晋一荣寿

一

草阁堂堂胜画图，石窗柳色绿扶疏。小楼一角乐天庐。　万首诗词真富贵，百城坐拥傲江湖。一心独拜识荆无？

二

绝羡淞南矍铄翁，歌吟海上更从容。词林崇礼老诗公。　百载沧桑成蝶梦，平生得失等鸡虫。许随桃李笑春风。

● 赵　靓

西江月

一盏淡茶闲品，数声禅韵悠听。几双喜鸟啭窗棂，秋木蓁蓁荫径。　菊桂莲和风舞，诗书画养心宁。素餐简案竹扶庭，感念长天馈赠。

一剪梅

万簇秋花放玉英，枝翠容娇，烂漫丰盈。光华使者送春归，何苦愁眉，郁闷难平？　月夜依栏白露清，素梦凌寒，但付琴声。高山流水古来稀，唯恋诗书，日日心宁。

蝶恋花

菡萏清香幽静处，颜粉琼姿，沥沥江南雨。窗外莺儿欣婉语，新晴景媚无情绪。　梦陷相思何处去？眉黛难开，扶倒秦筝柱。沉浸音书芳意许，惊愁木石无凭据。

● 乔晓琼

烛影摇红　灵峰

雁荡东南，寻声也著山屐访。横断南北竟奇功，重岭云烟障。风起莫教抬望，怕难分、人间天上。醉心临境，意蕴千形，情生万象。　欲问当年，飞仙何事悠来往？今宵鸿影似曾经，相见还相忘。远处谁人又唱，是谢公、梦回吟赏？一轮明月，几点雁声，千年怀想。

永遇乐　灵岩

山径清幽，花枝渐隐，屏嶂风断。溪澈潺湲，云深蓊蔚，密影阴阴现。清潭雅秀，险峰奇壮，落瀑崖间如练。赏雄浑、钟敲古刹，更闻鸟鸣丛涧。

霞客亭上，危栏欹望，叠峦直冲霄汉。浩淼烟波，春风万里，两岸疏柳散。展旗峙立，穿云天柱，横渡攀巅人远。归鸿影、青山依旧，岁华清浅。

水调歌头　龙湫

仙境何处有？歧路觅灵湫。轻绡昳丽飘散，疏密错织流。尘落空潭凝露，素坠高崖化雾，枝上鸟啾啾。乘兴扬帆去，潋滟醉人游。　过石隙，无行迹，瀑风柔。无边春色，心事吟作百年秋。总欲携情飞翮，又恐归程恋客，自古亦幽悠。明月孤峰上，照取水长流。

● 陈京慧

路　遇

青桥小巷又姑苏，衣褐颜苍汗沸珠。
焰焰流光凝又燎，笑将冰露注人壶。

钱 塘

钱塘荔月挂山泉，曲院风荷碧叶田。
并蒂芙蓉风露馥，多情君子不思仙。

● 顾 青

过贵州黎平侗寨

寨门横出翠山屏，欲破重檐九转亭。
梓匠愁归闲斗拱，良工久客黯朱翎。
云鬟皂裙秋染雾，铁锄芒履夜惊星。
相思莫使催新曲，月照千峰不忍听。

送 归

一片孤城在远山，天涯迢递自相关。
蒹葭隔岸舟深锁，楚雨敲窗竹半弯。
只道冬寒新酒酿，无为人后鬓毛斑。
知君未爱斑斓色，二月春归待客还。

● 沈志东

秋 思

西风渐起雁将还，瑟瑟千峰露欲潸。
蚁梦南柯悲病酒，鸥盟东菊喜孤山。
流行且减三春意，坎止何忧两鬓斑。
放棹五湖随范蠡，尽将青鲤对素纶。

秋 菊

寒香嚼蕊淡还无，伴月匀凉缀紫苏。
素扇书生斟建盏，淡妆青女替簪珠。
除腥更借三分力，避谤原须一意孤。
何必四君称雅士，篱边一味已堪乎。

● 苑 辉

夜 归

夜动霜侵灯漏影，风摇帘掩月无痕。
空城树远含归梦，狭道阶凉恋酒温。
宿霭低笼凝曲陌，流光半展过重门。
凭栏吟断当年曲，付与秋风寄月存。

桂 花

碧玉堆云筛白日，黄金蕊动沐秋霜。
轻承冷月三分色，愿许人间万点香。
滞雨辛劳空得意，随风自遣不知凉。
空庭独立芯犹在，入酒秋风伴夜长。

● 张勇桢

空 盏

闲来听桂雨，懒去看松风。
淡竹摇新梦，泥炉弄旧红。
柴门辞客早，孤鸟啭庭空。
野涧留岩味，青云卧盏中。

秋 墨

暮谷听寒雨，松风入冷墙。
霜辉笺上发，清露砚中凉。
握管流金玉，铺毫照汉章。
枯荷谁顾影，瘦菊自留香。

● 时 悠

登慈恩寺浮屠

<small>乙未秋，登慈恩寺，同行者谓西安盛名难副，余不然，因赋。</small>
雁过秦川大漠长，风催万物染秋黄。
芙蓉几度霓裳舞，桂子谁家楚女妆。
老树晏居襟广宇，香车争下绕尘梁。
浮屠北望三千里，莫笑新楼矮院墙。

苏幕遮　偶兴

绿藤娇，青瓦俏。黍麦新香，溪水庭前绕。小子谁家迟起了，几处声嚣，簌簌惊栖鸟。　白驹驰，乌兔老。朱锁重门，寂寞阶边草。别是春姿红又少，酒浅愁长，梦醒罗窗晓。

● 王海燕

寒　露

又逢秋日木辞青，坐叹风催落叶零。
蝉噤笛残荷瓣旧，雁归蛩唱菊团馨。
星仪月朗风侵骨，酒郁茶醇曲绕亭。
榻冷忽知寒露至，浅斟高枕数天星。

过花间堂潘府

倚河幽巷竹梢斜，独步花间又酒赊。
金鼎暗埋忠献国，族徽留史灿如霞。
池边客约同邀月，帘外禽言莫损花。
吴越一城风雅颂，状元门第独潘家。

● 李小锦

秋　叶

晓曙初阳秋叶艳，斑斓岁月梦蝶翩。
三芽老绿萌新意，十里夏荫荡碧泉。
霜染靥红羞月貌，雨浓情重半生缘。
秋风折尽红尘梦，叶老枝虬笑仰天。

苏幕遮　南京颐和路

忆秦淮，思桂圃。梦绕枫杨，春晓颐和路。翠叶成荫莺燕舞。豆蔻年华，楚楚芬芳吐。　　远方行，离别苦。风雨孤舟，月下乡愁诉。久渡重洋寻旧絮，落叶深秋，只有穿枝驻。

● 梅莉莎

清平乐　雪窦山

凌风雪窦，纵览千峰秀。青雾渺弥霄路陡，人在翠林山后。　　殷勤听雨禅楼，摇情碧涧银钩。回首白云生处，弄弦吟咏春秋。

水调歌头　夜思

寒夜倚窗坐，往事在心头。问天可否重见，初遇共温柔。月下半帘私语，夜过残香未烬，花影入梦留。晓露弄新绿，双燕当唧啾。　　沐晨旭，追夕落，度春秋。有谁可解，今夜无语泪先流。沧海缱绻晚暮，倦鸟风迎归路，柳断却难纠。但愿冷风去，微浪荡轻舟。

● 卢 浥

满江红　题文甫先生泼墨山水

　　浸满金林，鳌山处，巍巍簇望。声窸窣，翠松连陌，落红摇漾。泼墨三千拈世界，与君目送长酣畅。临东海，雾又惹迷潮，青云上。　　君长是，秋送往。居陋室，山中相。晓风暄檐语，疏篱行藏。轻抚丝桐空吟咏，烹茶美酒生豪爽。梦醉了，弄月解闲愁，元无状。

风云酬唱

【元旦心情】

● 褚水敖

元旦心情

纵有诗书清肺腑，犹盘心事入新年。
昏霾常罩魂惊悚，绿水难寻愁挂牵。
舟覆舟行舟逐浪，道非道是道由天。
繁华满目当知足，伫听钟声意惘然。

● 陈思和

读水敖元旦贺岁诗有感

鸡不司晨人自醒，无声无扰又新年。
扶桑树下禽流感，甜黑香中牛鼻牵。
百载常思俄国炮，一朝穿越大唐天。
君诗吟罢朦胧悟，难学先贤孟浩然。

● 胡晓军

2017元旦自嘲并和褚水敖吟长

不待寒风不待雪，匆匆催我僭新年。
前宵纠结几曾解，后日绸缪多枉牵。
浊世谁和谁怄气，雄鸡自管自鸣天。
奈何得来皆难舍，释盏流觞作释然。

● 姚国仪

步水敖吟长元旦心情韵

梅园共惜花零落，忽忽光阴逾一年。
海上浩歌人唱和，湖滨远梦柳萦牵。
敞怀醉饮杯中酒，觅句漫游诗里天。
头满清霜莫嗟叹，且从篱下学悠然。

● 徐非文

元旦遣怀次韵水敖先生

未闻爆竹已除岁，乏善能陈又一年。
静气倾城万门闭，诗情满腹百思牵。
舟前无路皆成路，道大如天不在天。
小院风传腊梅信，言君慎独便安然。

【立春集句】

● 吴定中

立 春

立春何用更相催，（唐·李　郢）
剩有风骚同激推。（宋·袁说友）
往事关心谁可语，（宋·王　炎）
新诗满眼不能裁。（宋·陈与义）
了知人意通三界，（宋·王　洋）
起趁鸡声舞一回。（清·梁启超）
好雨应时牛地脉，（宋·陈　棣）
疏花分得几枝来。（宋·苏　炯）

● 黄思维

钟声听了又鸡催，（宋·顾　逢）
通塞须凭大衍推。（宋·苏　颂）
乐事难并真可惜，（宋·彭汝砺）
琼瑶欲报不知裁。（宋·许及之）
心游目断三千里，（唐·温庭筠）
送古迎今几万回。（唐·欧阳澥）
陶写无他仗诗句，（宋·冯时行）
蓬瀛春色逐潮来。（唐·李　约）

霜林集叶

【周华诗词选】

岳阳楼眺望

昨观三峡景，今上岳阳楼。
隐隐湘江去，茫茫扬子流。
山连荆楚地，浪涌洞庭舟。
悦目青螺碧，烟消万古愁。

青螺，指君山，化用唐人刘禹锡《望洞庭》中"白银盘里一青螺"的诗意。

游览香港感赋

久欲香江地，今临梦已圆。
港人湔旧耻，南国换新天。
漫步尖沙咀，畅游浅水湾。
扬眉昂首眺，欢笑太平山。

太平山，香港岛的一座高山。

闲居感怀

岁月飞流逝，银丝满鬓眉。
有缘成伴侣，无事乐心扉。
同饮长江水，常怀故里碑。
夕阳无限好，恩爱永相随。

颈联，指我与老伴经常怀念安葬在湖北郧阳故里的父母亲。

长征颂歌纪念长征胜利八十周年

弹指一挥间，长征八十年。
跨过千道水，踏破万重山。
鏖战川黔地，会师甘陕边。
历经艰险日，胜利有今天。

谒歌乐山革命纪念馆

秀水灵山黑狱监，高墙环绕半边山。
白公馆外埋忠骨，渣滓洞中遗血斑。
囚室十年摧旧世，悲歌一曲换新天。
回眸幸福思先烈，高举红旗永向前。

歌乐山，中美合作所集中营所在地，国民党在这里囚禁了大批革命志士。重庆解放前夕，有二百多人在白公馆、渣滓洞惨遭杀害。

夜泊万州

朝发渝州暮万州，满江灯火满江舟。
声声汽笛回山响，闪闪航标映水流。
城堡揽天天似小，船头望月月如钩。
川东门户兵戈地，英舰炮轰千古仇。

1926年9月5日，三艘英舰炮轰万县（万州），伤亡千余人，酿成震惊中外的"万县惨案"。

华清池怀古

华清池畔柳丝垂，阁榭亭台怪石碑。
泉水潺潺喷日夜，骊山郁郁沐晨曦。
涓流似泻杨妃泪，烽火倾城褒姒悲。
自古昏君贪女色，周唐史事后人思。

北固山远眺

风吹叶落满矶头，徙倚栏杆一望收。
吴楚西看云叠叠，大江东去水悠悠。
瓜洲渡口飞舟楫，北固山巅觅古楼。
一代风流公瑾去，空留遗迹已千秋。

避暑山庄

蒙蒙细雨逛山庄,清室皇城似画廊。
四面有山皆留影,一年无季不花香。
亭台回异桥连岛,楼阁相间月照窗。
塞外离宫多绚丽。园林景色媲苏杭。

寻访乌衣巷

少读唐诗王谢知,探寻故垒夕阳时。
千年古巷皆商肆,一路新房伴旧居。
朱雀桥头花草尽,秦淮河畔柳丝垂。
星移物换沧桑世,燕子归来难释疑。

赋诗杂吟

手捧唐诗伏案思,初谙格律奠根基。
修辞练意津津句,声韵琢磨字字师。
陶冶情操寻乐趣,辛勤写作不知饥。
忽听老伴催灯熄,已是三更半夜时。

离休十年抒怀

秋去冬来年复年,苍松翠柏抗严寒。
离休十载鞍没卸,帮困八春霜更添。
攻读诗词研格律,著编史志谱新篇。
韶华易逝情难逝,战马奔驰自奋鞭。

绍兴东湖

朝发申城午越都,轻舟短棹泛东湖。
劈山峻峭潭无底,曲水流觞洞有书。
阁榭亭台垂絮柳,拱桥奇石插香蒲。
神工鬼斧痴迷景,醉倒游人懒返途。

越都,绍兴古为越国都城。

辛巳清明谒龙华烈士陵园

又是清明凭吊日，成群结队祭忠魂。
龙华先哲皆英哲，歇浦今人忆故人。
血染红旗遗志现，名留青史硕功存。
当今幸福勿忘本，一束鲜花一片心。

重访寺泉村

诗泉村位于鄂、豫、陕边陲，该村埋葬有四十多名革命烈士。1995年我访问了这个曾经战斗过的地方，目睹该村小学校舍破烂不堪。回沪后筹资捐助五万元，建立了一所希望工程学校。

六年两访寺泉村，希望工程挂在心。
资助钱财重建校，济贫复学救儿孙。
三边故地埋先烈，一座新楼育后人。
承诺爱心今实现，乡亲老少乐津津。

"三边"，指鄂、豫、陕边陲。

自　勉

无职无权却有书，春申江畔寄蜗庐。
莫求名利加和减，何计功劳乘与除。
不慕人间攀富贵，喜看祖国展宏图。
洁身自律应无憾，安度晚年心气舒。

夜眺浦东陆家嘴

隔江眺望陆家嘴，异彩缤纷耀眼明。
大厦尖尖如火箭，灯光点点似繁星。
回眸昔日农家地，喜看今朝不夜城。
开发浦东新貌展，辉煌成就世人惊。

旅台有感

多年向往台湾去,宝岛终于结伴登。
水秀山青景观美,地灵人杰物资丰。
春风能解千山雪,海峡难分两岸情。
台独想离休作梦,中华一统必将成。

路边菜摊一瞥

一对夫妻摆菜摊,路边顾客往来穿。
黄瓜萝卜草鸡蛋,紫苋番茄豆腐干。
随拣随挑由你选,买多买少不心烦。
阿姨阿叔连声叫,笑脸相迎多赚钱。

老年自娱

黄浦江边是我家,离休以后有闲暇。
清晨街市买鲜菜,落日阳台去浇花。
泼墨吟诗常自娱,读书看报赞中华。
欣逢盛世精神爽,幸福安康度晚霞。

采桑子 太湖大箕山夕眺

大箕山上清幽静,点点平楼,点点平楼,浩渺烟波满目收。　夕阳绚丽湖光映,小小渔舟,小小渔舟,舱满而归乐不休。

唐多令 慈母逝世十周年

慈母逝世十周年前夕,我和廷芝、晓光、雅芳赴郧阳故里,会同森第、锡英妹等亲属十余人在墓地进行祭奠,共表怀念之情。

辞世十年兮,三更夜梦思。忆当年、家境寒微。负笈从师慈母助,革命路,不忘伊。　一对老夫妻,携儿带媳妇。赴故乡、晋谒茔碑。伫立墓前浮往事,情袅袅,沐春晖。

风入松　重读甲申三百年祭感赋

甲申三百著宏篇,郭老有箴言。明朝庸懦农民反,崇祯帝、吊死煤山。大顺入京骄腐,闯王短命丢权。　二中全会诫言先,务必记心间,进京赶考奢靡诫,前车鉴、切莫贪婪。国法难容污吏,人民高举钢鞭。

《甲申三百年祭》系郭沫若著。在党的七届二中全会上,毛主席告诫全党:"务必使同志们继续保持谦虚谨慎不骄不躁的作风,务必使同志们继续保持艰苦奋斗的作风"。

满江红　旅顺口抒怀

黄海之滨,旅顺口,优良军港。举目眺,碧波潮涌,滚翻巨浪。十里长街皆净土,三方环海多屏障。苑景区,游客笑开颜,歌声朗。　屈辱史,犹未忘;帝俄占,东魔创。叹人民受难,主权倾丧。曩日国殇民愤怨,当今欢颂军威壮。看神州,谁敢再来侵,全埋葬。

渔歌子　访长沙橘子洲

一

江浪滔滔向北流,一桥飞越橘洲头。花满地,树遮楼,宛如彩带水中浮。

二

小岛狭长水陆洲,当年主席亦常游。携百侣,斥方遒,功勋盖世震全球。

浪淘沙　黄浦公园感赋

昔日浦江边，帝霸强权。华人与狗禁游园。民族耻羞空自叹，泪涌心酸。　今日逛公园，漫步悠闲。扬眉吐气笑开颜。喜看双双情侣伴，乐趣香甜。

柳梢青　纪念郑和下西洋六百周年

2005年7月11日，是航海家郑和下西洋六百周年。他先后七次历时二十八年，率大明船队从江苏刘家巷（今浏河）出发，远达亚非三十余国，开创航海史上新纪元。

刘港开航，乘风破浪，驶出长江。大海无垠，宝船浩荡，远涉重洋。　亚非遍访番邦，六百载，扬名四方。文化传播，和平使者，为国争光。

蝶恋花　贺老伴廷芝八十大寿

依韵和金嗣水同志《写给老伴》

鄂陕边陲初见腆，合璧珠联，一线相牵笑。喜结良缘相互照，阖家欢乐儿孙孝。　五十八年情感好，风雨同舟，甘苦知多少。荏苒光阴都已老，延年益寿家中宝。

鹧鸪天　信仰终生永不丢

抗日烽烟燃九州，满腔热血记倭仇。拨开云雾寻真理，喜见光明入党俦。　艰险路，不回头，投身革命志没休。风风雨雨都经过，信仰终身永不丢。

诗社丛萃

华兴诗社简介及作品选

上海诗词学会华兴诗画专业委员会（诗社），创办于 1990 年春。由邹仲民、丁逸樵、张联芳等人发起组成"十老诗会"，次年更名"华兴诗词研究会"。2002 年更名为"上海诗词学会华兴诗画专业委员会"，为上海诗词学会下属诗社。现任会长黄旭。本栏目以合集形式推出社员作品。

- 殷荣乐

秋园晨景

荷尽映浮云，晨歌搅钓君。
纸鹞携远梦，舞者乐中矄。

- 高　刚

公园漫步

一园生命绿，邀客抚心尘。
湖面因鱼皱，花丛逐日新。
情由荷染醉，诗被鸟啼醇。
每每夕霞灼，妖娆梦若晨。

- 徐兆凤

石岭雨霁

茫茫长夜雨，碧树水珠晶。
峰岭千川挂，洼涯百瀑鸣。
鸟啼声爽脆，心醉步翩轻。
穹昊蔚蓝湛，悠游骀荡萦。

● 曹 森

根
——梦回河北古城老家

诗意裹乡愁，古城魂魄留。
一壶浓烈酒，半截老墙头。
千里青纱帐，百年黄土丘。
村前大槐树，向晚系归舟。

● 马经纶

临安太湖源农家乐

古都印迹勾怀想，幽涧泉流奏乐章。
老树蝉鸣鸡报晓，新楼客醒菜飘香。

● 马树人

游泰州梅园瞻仰梅兰芳石雕坐像

宗师逸像瞰容诚，拥翠梅园闻鼓筝。
国粹谁言赢小众，慧人代代递传旌。

● 王金山

阳朔聚龙潭

九龙潭畔聚群龙，虹影琉光彩画浓。
欲问其身何处有？钟溶洞里觅仙踪。

● 陈文莘

读宋代开国史

黄袍演罢帝阁开，兄弟君臣窃国才。
更有良谋胜刘项，笑谈成败酒三杯。

● 陈石年

题 照

轻烟堆雨雾茫茫，嫩箨香苞三两篁。
直节何怜生即瘦，从来秉性老尤刚。

● 陈依心

残荷菊

荷尽已无遮与盖，叶枯茎挺旧时姿。
菊凋隐去鲜颜色，犹有残花傲雪枝。

● 杨荣春

绝 句

玉兔敲窗映远天，银河上下未成眠。
古今望月人多少，不见嫦娥十万年。

● 姚伟富

访吴越国王陵

寂静王陵墨客稀，虔诚拜读敞心扉。
千年遗训今犹在，甘愿来生作嫁衣。

● 黄 旭

题 扇

晨晓东窗未及开，已闻禅噪入阳台。
夏炎外出毋忘我，自有清风得意来。

● 卞爱生

强国梦

中兴在史读春秋，否渐乾坤势转忧。
斗富旋看石崇影，隔堂厌听子文谋。
当朝已策雷霆治，媒介频传蝇虎囚。
强国仍须与交泰，清明化得梦从头。

子文，汉张禹。

● 王德海

读张天民先生书法作品集

儒君颜体展舒开，雄伟端庄气势来。
翰墨仿真行大雅，草书挥笔显英才。
楷文起落锋回驻，瑶圃耕耘树又栽。
鹤发稚童皆字帖，追摹砚古筑高台。

● 成 濂

情怀白林寺

东域申城白林寺，绿荫掩映小洋楼。
一墙鹅卵攀红葛，百叶轩窗含日头。
往事春风诗梦醉，今朝秋夕岁痕留。
尤为浓郁书香气，伴我童年乐探求。

● 李亦雄

荷 塘

浓绿肥红胜绮纨，曾经珠露滚琅玕。
朱英金蕊衔清馥，素魄银光映碧澜。
烈日堪教花怒放，寒流竞使叶凋残。
莲池倏忽兴衰景，尽被闲禽冷眼看。

● 邱红妹

沈沪林老师演唱会有感

袂规袷矩金虬绣，佛赐红巾佩在前。
字正腔圆扬国粹，音宏声靓笑魁然。
飞毫拂素龙惊座，点墨微迤虾戏泉。
精彩人生无憾事，晚霞更比晓霞妍。

● 陈剑虹

介子推

介山新绿掩春秋，寒食千年忠骨讴。
割股奉君携困险，隐身避世拒公侯。
焚林足下冰魂去，拥柳生前丹魄留。
畏向西风旧碑读，襟怀感佩一笺收。

● 周洪伟

纪念鲁迅先生逝世八十周年

越州风土孕人杰，一代文豪举世知。
呐喊擎旗惊铁屋，彷徨荷戟运覃思。
朝花夕拾馨香远，故事新编妙艺持。
垂范大家何巨制，留存小卷奉宗师。

● 周珠英

红军长征八十周年祭

重围突破震乾坤，堵截疯追紧逼跟。
攀越云崖终有道，飞过天险迹无痕。
雪山空气如丝吸，沼地草根和水吞。
北上长征艰苦路，红旗高举国之尊。

● 施提宝

纪念红军长征胜利八十周年

史无先例谁开拓，惟我工农子弟兵。
抗日驱倭功卓著，保家卫国放光明。
重重围剿重重破，片片丹心片片旌。
八十年来从未忘，怀思万里远征情。

● 谈俭华

赞 荷

曲径源头一隐家，庭前池内几鸣蛙。
风划绿叶齐低首，雨压霜枝独护葭。
莫惜清波从浊淖，相看玉藕出清华。
众芳偌赞谁高品？当属荷塘湘蕊花。

● 黄荣宝

精卫鸟

浪高风急寒光碎，恨别惊心事不平。
潮落潮升空诉苦，春来春去独哀鸣。
舍身岂为求怜悯，衔木原因慰道行。
精卫无穷填海志，人间传颂欲魂生。

● 董 良

寒食青团

满园杨柳碧遮天，寒食偏教雨湿椽。
市奉青团龙口遗，家簪银发凤头钿。
逐人唇齿须风雅，尚世歌韶倍管弦。
夏粟商梁皆可啖，何当晋后灭周烟。

● 张雪芳

卜算子　孤雁

夏日翠阴间，笼内灵和散。珠落银盘脆语声，心往遥怜叹。　巧得雁儿乖，还觉枝头倦。却道天涯处处悠，佛问何生怨。

● 张亚林

临江仙　夏日公园赏荷

夏到公园观水景，小湖靓眼无穷。娇红点点绿情浓。蜻蜓花上舞，翠鸟碧波中。　亭畔饮茶消盛暑，浮香暗送凉风。怡神展目爽心胸。魂游吟梦里，相伴玉芙蓉。

● 蔡武国

一剪梅　风雨梨花

何奈春寒肆躏蹂，不肖缠纠，不计恩仇。任凭风雨再繁稠，守望枝头，向望金秋。　白雪肌肤香邃幽，既不轻浮，也不风流。飘飘罗袂秀雅优，始显含羞，更显温柔。

● 金云澄

满庭芳　白玉兰

笔底风流，樽前逸兴，绘成多少奇葩。畅怀言志，辞赞白兰花。且看风姿绰约，婷婷立，昂向天涯。明珠美，光芒闪烁，驰誉满中华。　申江，潮卷涌，潇潇浪去，神采堪夸。树繁蔽浓荫，馥郁烟霞。情满东方筑梦，同志向、如驾骝骅。须明日，韶光尽展，华夏更奇佳。

● 虞通达

金缕曲　神女

神女欣无恙。立年年、高唐雾绕，峡江烟障。暮雨朝云流传久，总是宸依仙傍。休再炒，浓情艳唱。擘蹙民生渔樵险，下云霄直面风、涛、浪。诛恶孽，引航向。　　导江劈峡真人降。授天书、胼胝禹步，顿然酣畅。佐划九州乾坤定，功就长留危嶂。料阅尽、人间情状。壁立西江平湖阔，待从头管控溪、潭、壤。峰十二，看泱湃。

● 魏仁国

六州歌头　纪念红军长征胜利八十周年

风云浪涌，举国忆长征。离桑梓，存薪火，涉危程，世皆惊。凤敌重重堵，湘江畔，平顽寇，克遵义，挪航向，亮明灯。赤水嗤豚，大渡从容过，阔步前行。数十年尘战，终革命功成，大地重生，九洲兴。　　继长征路，强经济，同发展，冀多赢，丝绸道，重新续，众宾朋，共繁荣。更著投行建，中华梦，赞连声。看美帝，频搅局，秀刀兵，妄想全球独霸，拉帮派，面目狰狞。笑心机费尽，似赖犬哀鸣，却少人听。

云间遗音

【何新扬诗词选】

抗战胜利经富春江乘船复校杭州
(1945年9月)

胜利复校
倭军烧杀犬鸡愁，越岭翻山把学求。
光复河山返杭去，轻舟逐水笃悠悠。

夜泊桐庐
日沉江暗泊归航，萤火渔灯织画廊。
浪静风和人欲睡，桐君山月进船舱。

沁园春　游瑶琳仙境
(1983年9月)

路向天边，目醉红枫，车载笑声。步瑶琳仙境，龙宫隐隐，银河飞瀑，珠玉莹莹。走兽穿林，飞禽巢树，栩栩如生惊目瞪。聚仙殿，看腾云驾雾，仙降钟鸣。　迷廊曲道昏灯，忽拦路石坪拔地横。喜峰回路转，连云广厦，擎天玉柱，宏伟高厅。幽谷瑶池，涟漪凝碧，泉水叮咚别有情。归来后，尚心神恍惚，疑梦中行。

鹧鸪天　题扇词（记玄武湖纳凉）
(1985年8月9日)

炎夏酷暑，梅山老干部处组织去玄武湖夜游纳凉，得一阕，并题在老伴扇子上。

借得生风题小诗，永铭玄武纳凉时。兰舟浆荡鱼儿跃，夕照辉摇霞影驰。　船载笑，浪多姿。情痴游旅伴相知。浮生难得几回醉，留住良辰月莫移。

游蓬莱二首
(1987年11月)

凌云仙阁
氤氲清气渗心田，身到蓬莱即是仙。
曾向空明寻海市，还从潮月望云烟。

蓬莱阁
蓬莱阁上八仙游，酒满金樽香满楼。
沧海云生仙自去，碧天明月两悠悠。

张家界宝丰湖
(1996年5月)

飞瀑潺潺云里来，苍松翠柏绣成堆。
天梯直上三千级，万顷明湖眼底开。

岳阳楼
(1996年6月)

为寻胜迹跨湖求，浩淼烟波荡画舟。
衔得远山山更秀，吞来江水水长流。
城头雄阁重檐叠，堂上雕屏名记留。
后乐先忧爱黎首，草根贤相万民讴。

范仲淹《岳阳楼记》有"衔远山吞长江"之句。

满江红　红军长征胜利六十周年
(1996年10月)

　　国难弥天，东北陷，救亡声急。蒋介石，天良丧尽，剿民纵敌。铁壁雄关终突破，千山万水奔抗日。惜红军，血洒赣湘黔，河山泣。　　遵义会，太阳出。毛主席，英明策。用奇兵制胜，击虚避实。大渡桥欢飞兵过，陕甘宁喜边区辟。为抗战胜利奠良基，延安石。

江城子　苍颜学步
（1997年4月）

当年鏖战搏疆场，鬓如霜，去何方？诗书画印，华夏溯源长。难得逍遥欢晚岁，圆旧梦，写春光。

苍颜学步又何妨。笔成筐，墨盈缸。寒风炎日，陋室却温凉。画意诗情怡白发，神采奕，寿而康。

江城子　庆香港回归
（1997年4月）

林公愤起灭烟枪。缉鸦商，固关防。英军狡诈，北窜逼长江。腐败清廷魂胆破，香港割，国门丧。

百年浴血挽危忙。振家邦。步康庄。世林屹立，谈判气昂扬。两制花开珠还国，华夏兴，慰炎黄。

雁荡泉
（1997年5月23日）

天湖雁荡伴云浮，雾湿峰峦林木稠。
幽谷泉鸣三叠瀑，峭崖悬挂二龙湫。
珠帘风动半天雨，玉带虹飞千尺绸。
四季清流何不断？只缘身处海洋沤。

游江西三清山南清园
（1998年5月）

本是黄山姐妹峰，深闺世未识娇容。
林泉孕育千年秀，云雾迷离七色虹。
巨石狰狞蹲猛兽，冈峦盘曲走蛟龙。
女神喝令杜鹃谷，一夜花开十里红。

游洪泽湖感怀
（1998年6月18日）

湖悬势险岸堤高，浪逼云空干九霄。
雨涝旱荒悲往昔，便航利灌喜今朝。
垣坚保得城乡乐，水富赢来鱼米饶。
一样河川时代易，人民巨手锁狂蛟。

<small>洪泽湖因水面高出城区，又称悬湖。</small>

黄山冒雨游
（1998年9月）

一进黄山处处松，千姿百态舞蛟龙。
凌霄巨石峥嵘色，裂地深渊奇诡容。
始信峰前开画卷，光明顶上遇狂风。
雨淋雾罩天都景，脚踏烟云游太空。

七十感
（1999年4月）

莫道老来人冷清，如歌岁月振心灵。
案头走笔龙飞舞，方寸篆文刀重轻。
柳下吟诗惊夜月，花前亮剑伴晨星。
生机不灭春常在，万道霞光夕照明。

蝶恋花　赠肇
（1999年8月）

　　我爱书诗君爱画。书画同源，不语心通话。情醉魂迷神入化，晚霞织锦周墙挂。　　遥想当年君远嫁，半世奔波，足迹留天下。泼墨挥毫今有暇，遨游艺海乾坤大。

大理洱海观云
（1999年10月）

龙舟华丽荡逍遥，洱海观云分外娇。
忽似天香开碧落，又如牛女会银桥。
将军武士姿千态，走兽飞禽腾九霄。
环顾长空云作画，云南特产美云涛。

临江仙　临安龙须峡谷
（1999年11月）

　　脚下流泉头上鸟，白云来云悠悠。奇花异草满山沟。峰回天地转，水远溯源头。　　抛去繁华寻静境，满山红叶金秋。醉人美景怎长留？诗情存脑海，摄影挂书楼。

临江仙　南京梅花山探梅
（2000年3月）

　　万树梅花迷望眼，红云白雪千重，暗香阵阵荡林中。踏青人对对，笑语逐春风。　　独斗严寒迎百卉，织成万紫千红。世人品格学梅翁。助人轻名利，市井换新容。

与老伴一起办书画展
（2000年5月）

十年磨剑亦勤工，未敢恣情一试锋。
三伏挥毫淋汗雨，九冬研墨破冰封。
筹谋画展双心合，选择时机五月中。
领导师朋鼎力助，彩屏百幅展梅宫。

梅宫，指梅山文化宫。

苍颜学步又何妨，心醉情迷兴味长。
酿蜜吐丝勤有乐，丹青翰墨苦生香。
抛砖为引琼瑶玉，众笔能描盛世芳。
展出初成征未息，花明柳暗在前方。

诗社诗词班绍兴诸暨采风
（2000年10月）

绍兴吼山

烟萝洞内春秋史，试剑石旁雕壁帏。
剩水残山棋一局，芙蓉金桂绣千堆。
千年古寺钟声闹，百丈岩头巨石飞。
日暮依依难舍别，满山吼得醉人归。

诸暨五泄

峭壁嵯峨耸翠峦，一泓碧水漾蓝天。
泉飞五级神情异，路转千回景色鲜。
烈马奔腾龙入海，珠帘飘忽瀑喷烟。
西施故里钟灵秀，改革潮来分外妍。

东风第一枝　踏雪寻梅
（2001年2月）

　　雪舞晨曦，光摇玉线，飘飘洒满庭院。窗前绿竹皑装，房顶银珠铺面。怡园昨夜，料应是，花魁初绽。寄幽情，踏雪寻梅，何惧风刀霜剑。　　路铺银，天低云暗。园寂静，气清影幻。冰枝横玉娉婷，琼林挂珠璀璨。冷苞欲放，笑酣眠，凌寒贞婉。待晴日，绿萼红云，醉煞游人千万。

学画竹有感
（2001 年 10 月）

当年写竹学无门，池畔园中空断魂。
解甲休闲何所爱，飞枝叠叶颂黄昏。

乌镇游
（2001 年 11 月）

矛盾名扬子夜章，镇因高士倍增光。
园林瞻仰崇风骨，庭院悠游欣古香。
时代飞奔珍史迹，潮流夺冠启新芳。
昏灯曲径寻归路，小巷迷蒙似故乡。

参观宝钢
（2001 年 11 月）

宝钢建设忆亲眸，弹指光阴二十秋。
昔日明灯催夜战，今天铁水赛江流。
黄毛幼女登云路，乌发同行尽白头。
感慨良多无感事，人生拼搏一场球。

玉楼春　记诗词班同学
（2002 年 4 月）

　　东风唤醒花相语，天上夕阳红似炬，园中桃李竞芬芳，窗外翠屏诗满树。　　灯明词海争飞渡，韵拨琴心身起舞，谱成一曲共歌吟，铺就余年五彩路。

清平乐　夏雨
（2002 年 7 月）

　　蜻蜓低旋，蝉渴嘶声断。闲坐庭前犹自汗，一道遥天闪电。　　长空雨送清凉，农田喜饮琼浆。明日郊原一碧，稻花十里喷香。

西江月　雅趣
（2002 年 12 月）

　　开卷一池清水，行舟十里桃花。为寻雅趣避繁华，溪转风光如画。　　守志毫飞绿竹，宁心杯饮清茶。舞文弄墨写生涯，磨练襟怀旷达。

鹧鸪天　园陀角观海
（2003 年 10 月）

　　两岸山陵到此终，大江归海走长龙。水连天幕奇空阔，龙入汪洋渺影踪。　　涛裂岸，浪排空。凶狂气焰势终穷。胸怀修得海般阔，任事难容亦可容。

风入松　因腿病未去天台山游
（2004 年 4 月）

　　小楼听雨过清明，好景在新晴。远山出浴羞容俏，轻纱隔、百种风情。谷底流泉吟唱，林中茂叶啼莺。　　天台春色惹心倾，旅伴约同行。夜风戏我寒凌骨，腿酸软、欲走还停。好景常年常有，时机难再难生。

游皖南齐云山
（2004 年 6 月）

缆车送我上峰台，病后游山兴未衰。
登月天门迎客进，如城峭壁架空排。
丹岩镂刻多名句，僻地仙乡有秀才。
不愧齐云好称号，星星夤夜欲飞来。

纪念金婚忆昔思今
（2005 年 2 月）

当年阿肇嫁鞍钢，四壁空空一板床。
为接春光临斗室，自调浆粉刷新房。

千山万水命相依，西往南归影不离。
盛世夕阳红且艳，同谈书画共题诗。

社区送暖庆金婚，百对翁婆沐党恩。
敬老扬仁传美德，松龄鹤寿梦青春。

游天堂寨
（2005 年 4 月）

车沿花径上山梁，满谷杜鹃艳且香。
嶂叠峦盘临绝顶，云遮雾绕近仙乡。
灵峰秀水堪珍惜，红色旅游应发扬。
飞瀑宛如银汉落，问君是否到天堂。

天堂寨，在大别山深处金寨县，当年抗日根据地。

蝶恋花　话别
（2005 年 6 月）

风雨人生欢几度，盛世休闲，来种诗花树。浇水施肥勤与苦，清香飘洒梅山路。　　月不长圆春易去，友谊长存，情系宁和沪。诗海无涯争竞渡，彩章新谱凌云赋。

书 怀
（2007 年 2 月）

痴醉诗词忘白头，闻琴对月倍清幽。
胸中频叠宋唐韵，梦里纷萦篇句谋。
兴至心泉自涌动，意违脑海索难求。
何时觅得登峰路，采得风云笔底流。

纪念八一建军节八十周年
（2007 年 5 月）

爱民忠党卫山河，铁骨铮铮战火磨。
倡导文明救危难，精研武器握高科。
千仞峻岭伴星月，万里海疆征浪波。
友善邻邦防帝寇，和谐世界息干戈。

莘庄公园探梅
（2008 年 2 月）

围观久立近梅丛，痴醉留连似蝶蜂。
雪后更怜疏影美，飘香欲诉斗寒功。

回义乌重访水底家园
（2008 年 5 月）

背井离乡六十秋，家园早作水中囚。
一湖碧浪摇童梦，四面青山记放牛。
我献丹心钢铁业，村输绿水稻粱优。
幼年童伴今何在，痴望浮云天际流。

八十述怀
（2008年6月8日）

人来世上欲何求，为国为民点滴谋。
不怨才疏贡献少，却知心尽意情稠。
征程四万满头雪，漂泊三河一叶舟。
莫道平生闻默默，诗酣暮景亦风流。

全家十三人同庆二人八十寿；"三河"，指辽河、黄河、长江（含汉江）。

咏 荷
（2009年6月）

抗衡炎势对骄阳，张伞爱怜鱼纳凉。
立足污泥无剩秽，抱红老死有余香。
常教政纪学荷洁，何惧钱魔推磨狂。
格物致知荣耻识，花花世界不迷航。

鹧鸪天 万里长城
（2009年9月）

雄伟长城万里长，千秋胜迹韵无疆。当年厮杀山含泪，今日观光花送香。　烽火迹，诉沧桑，中华融合记辉煌。星星眨眼叹奇妙，谁建地球长画廊。

蝶恋花 奉贤海湾森林公园踏青
（2011年4月）

雨冷风寒连数月，花草思春，企盼心何切。昨夜天声传信息，阳光遍暖清明节。　欢舞森林迎耄耋，翠碧弥天，万物齐欢悦，老伴欢欣地作席，我心澎湃欲飞越。

游云台山

（2011 年 9 月）

金秋时节，霄儿约虹儿，陪我们二老游河南太行山余脉——云台山。

潭瀑泉

潭汇太行冰雪泉，当年八路卫河山。
瀑鸣风啸震林壑，犹似雄师奏凯还。

茱萸峰

王维重九忆山东，昔日茱萸成巨峰。
云雾半遮情脉脉，替人恨别祝相逢。

满江红　清明节念祭先烈

（2014 年 4 月 5 日）

仰望东方，天海阔，霞光红日。明大地，靓妆华夏，景观美绝。似画山河人赞颂，如诗社稷谁开辟？清明节，祭先烈崇陵，铭心切。　　忆往昔，贫弱国。泱大地，列强割。人民流血泪，痛惨难竭。饿殍当年遍地骨，黄孙今日顶天立。倡和谐，引领史潮流，展飞翼。

九州吟草

- 冯其庸（北京）

西域归来赠元章兄 (1981)

看罢龟兹十二峰，始知五岳也平庸。
他时欲效徐霞客，踏破昆仑再向东。

<small>此诗为上海诗词学会顾问叶元章先生供稿，藉以纪念冯老仙逝。</small>

- 苏些雩（广东）

浣溪沙二首

蜡 梅

只道天怜汉女妆，不教百卉秀严霜。一枝蜡蕊日边黄。　但倚疏篱开小小，何劳彩蝶舞双双。侬家素艳正芬芳。

忘忧草

岁月无非去与来，来无须喜去无哀。好携清逸共春栽。　有甚闲愁萦翠黛，当随芳蕙远尘埃。溪山隐处淡然开。

- 叶其盛（广东）

秋游石公山

烟笼北陌与东阡，满眼秋光入锦阡。
危石丹流峰外阁，明湖绿映水中天。
惊看日月成双照，偶拂云烟见野泉。
我是匆匆来去客，皆因尘俗屡相牵。

<small>石公山，乃太湖一岛，属苏州吴中地区，因山前有巨石状若老翁，故名；"日月双照"，乃石公山奇观。</small>

● 张顺兴（吉林）

春节感赋

酉年初一暖阳柔，好事迭兴才起头。
血脉生生黄裔旺，亲情念念海归游。
团圆除夕浅半醉，遥祝良朋连九州。
微信畅游还畅想，紫霞织梦更层楼。

忆秦娥　年夜情

年夜烨，千门瑞气推窗月。推窗月，月辉光耀，酒飘香洌。　亲朋满座灯明灭，童颜鹤发髯霜雪。髯霜雪，情融盛世，老无穷竭。

● 范晓莲（福建）

一剪梅　醉春流香

姹紫嫣红春正浓，芳草茵茵，蝶恋花丛。流云轻漫舞天穹，日丽风和，鹊绕晴空。　杨柳依依舒笑容，情意绵长，思绪重重。红霞剪韵醉飞鸿，倒影溪湄，寻梦无踪。

● 闵济林（江苏）

丁酉年初一寻觅水西门遗址

懒将倦眼写心痕，故国流风几处门。
捞月水中烟邈邈，求鱼缘木梦昏昏。
三山城堡今何在，一剑乾坤古不存。
陈酒余香壶已破，申遗大赛叫游魂。

三山门位于南京城西南，历史上为水陆两栖城门，是明代南京古城墙上的十三个城门之一，俗称水西门。

● 李光龙（江西）

题婺源熹园方塘红鲤

一池锦鲤带文风，半亩方塘细浪冲。
洗砚台前沾雅韵，修齐檐下见神丰。
常闻经史分中道，共解明伦启宿懵。
荷影移来冠懿范，儒身已与浅莲红。

● 周谊平（陕西）

丁酉春节随吟

一

天街踏去向终南，双影双鱼入雾岚。
安俟冰壶渐澄澈，欢娱不改是清谈。

二

春来一岁见初阳，律吕琴调试小章。
料峭轻寒欺腠理，管弦不必问炎凉。

三

守岁任教枝上啼，一番花信自东西。
年年梦了年年梦，倾耳今朝听曙鸡。

● 韦大龙（贵州）

咏　梅

四望江天冰雪封，岂能锁住品和容。
疏枝曼舞银装淡，雅蕊欢开香味浓。
笑傲沧桑存质朴，轻梳风雨弃平庸。
欲询春色何来早，君引群芳情独钟。

● 潘海源（广西）

南乡一剪梅　重游小七孔

　　回望识真容，涧水蓝蓝古木葱。懒问苍天何变脸，晴不难逢，雨却难逢。　　云散夕阳红，检点行程趣尚浓。水洗山河堪入画，人在途中，诗在途中。

● 薛维敏（新疆）

凤凰台上忆吹箫　南京漆桥古镇纪游

　　千树排云，一桥牵绿，走过多少春秋。任梦浮深巷，玉带琼楼。风漾茶薰酒绪，花绰约、小曲悠悠。莺啼乱，光阴一箭，往事谁收。　　勾留。漫同岁月，摇曳复翩跹，雨霁风柔。念昔时桥上，车轿名流。明月清光相约，王谢辈、桑梓情稠。天山下，清风客来，水口行舟。

● 张珊丹（浙江）

题夜观墨竹图

　　每到寒霜冷鬓眉，疏星淡月两离披。
　　一庭幽石衔秋草，几竹西风起秀姿。
　　墨瘦未开真雅趣，绿肥不减是清词。
　　此生爱静居无价，何必明朝万柳垂。

鹧鸪天　春游

　　守得花开拾翠天，呼朋邀侣草堂前。一樽芳酒飞仙去，满座清才侧帽偏。　　人似月，雨如烟，东君妙笔到谁边？春心原在诗笺外，故遣春风散柳绵。

观鱼解牛

"群"的欢乐与高尚
观央视《中国诗词大会》第二季随想

● 施 卉

丁酉鸡年伊始,央视科教频道《中国诗词大会》第二季闪亮开播,诗词达人轮番上场,你吟我咏,展学逞才,赢得粉丝海量、刷屏汪洋。其中风头最劲、吸睛最多的选手,当是来自上海的"00后"高中女生武亦姝,她先在9轮追逐战中大获全胜,创造了这一环节的历史最高分;后在PK擂台赛上率先"抢五"成功,最终于总决赛折桂。武亦姝的超高颜值、才情和淡定,令大人们依稀"看到了古代才女的模样",让孩子们纷纷"拿起了诗词书,背起了古诗词"(摘自网络)。同时,第二季的热播使"初心者"们纷纷返看第一季,出现了电视娱乐节目十分难得的"回头效应",诗词的美丽与节目的成功,由此均可见一概貌。

出色的选手、出众的表现是选秀娱乐类节目的招牌,这样的招牌对《中国诗词大会》来说,从来不虞匮乏。据好事者猜,武亦姝脑内的诗词量超过了2000首,且能做到依心召唤、按意运转。事实上,若无上千首的诗词储备,选手要进入追逐战几乎是不可能的——即便如此,也难免因"上场昏"或遭"杀威棒"而早早铩羽。笔者当然希望更多"诗词学霸"的出现,毕竟目下知诗词、懂诗词的人还是太少;但更希望线上线下的人们能像武姑娘那样因"知"成"爱",继而由"爱"生"知",最终将诗词注入自己的灵魂和精神，化为自己的人格和气质，变成自己的行动和作为。这正是《中国诗词大会》"赏中华诗词，寻文化基因，品生活之美"的宗旨。节目深刻认识到经典诗词所蕴含的历史、人文、道德和审美含量，具有贯通时空、直抵人心的力量，对当代人养成正确的人生观、价值观和世界观具有重大的意义，因而明确了以"体味诗词之美，感受诗词之趣"为引导，实现"从古人的智慧和情怀中汲取营养、涵养心灵"的目标，同时将富有创意的策划、专业的支撑与时尚的呈示作为节目的外在保障。绝大多数观众认为，《中国诗词大会》内容深浅得宜，流程创意丰富，点评总体精准，而"情感包""催泪弹"的投放，找准了当下人心的最柔软处，加上主持人优雅、温馨而不乏幽默的表现，一并托起了节目的收视率，提升了节目的美誉度。

由此可见，"诗的国度""诗的民族"和诗的传统，并非如有人说的那样已在中国消逝，恰恰相反，它早已深深地融入中国人的血脉中、刻在中国人的骨髓里了。全国各地，无论城市还是乡村，无论发达地区还是相对落后的地域，无论校园授课还是家庭教育，孩子们从小到大，或多或少都受过传统诗词的熏陶，那正是孩子们诗化思维形成、诗意追求开启的最佳时段，正所谓"童心即诗心"。尽管另一名来自上海的13岁小选手侯尤雯声称"自学成才"，但从背景介绍看，小姑娘祖辈、父母的引导和支持，仍是根本的和关键性的。事实上，类似的家庭在上海、在全国比比皆是。古典诗词的传承如清泉流淌，当代诗词的创作也似潜流涌动。据称，当代诗词作家的人数达百万之众，诗词出版物有三千余种，其中不少佳作既继承了古典美，又表达出当代性，理应成为当代文学不可缺失的重要成分。然而，当下社会的无情和无理之处，便是将"有用的"奉为圭臬，尽情攫取；将"无用的"视作敝屣，一概靠边。在学业、职业、家业或产业的多"业"催逼下，在崇尚竞争力、提倡高效率和诸事功利化的环境中，人们的诗思逐渐退化，诗意不断消减，对诗之美的想往和追求已经淡得看不见了，而大量附丽于诗词的历史、文化、道德，也就更加看不见了。《中国诗词大会》的横空出世，用全民娱乐的形式将人们的记忆唤醒，将人们的理想激活，这正是节目的文化功德所在。

毋庸置疑，诗词在当代是"小众之小众"的文化。孔子将诗的社会作用总结为"兴观群怨"，"兴"是启思与抒情，"观"是观照与认知，"怨"是指责与批判，均属创造审美层面；"群"是交流思想情感、交换见解看法和实现社会交际，属于接受审美层面。如前所述，经典诗词的"兴""观""怨"大多接通了古今，当代诗人的"兴""观""怨"同样贴近了现实，诗词之所以仍摆不脱"小众之小众"的处境，根本的问题出在了"群"上。传统文化的衰落、低俗文化的冲击，尤其是主流文化语境的巨变导致诗词"群"的功能极度衰落。"兴""观""怨"一旦失了"群"，便失去了承载，失去了从个体精神转化、扩延为社会精神和公共文化的可能性。所以，当下诗词传承发展的关键便是如何实施"扩群"。

由于形式简约、内容高浓、审美创造和审美接受较为曲折的特性，诗词几乎无法完成自身的"扩群"，因此掰开揉碎的主题阐释、移步换形的呈现转化势所必需。更重要的是，这也是优秀传统文化充分实现其当代价值的必需。众所周知，优秀传统文化是社会主义先进文化的底蕴、底子和底气，其所蕴含的价值观是社会主义核心价值观的重要组成部分，理当被当代中国人努力传承和大力弘扬。无论传承还是弘扬，都不是一个僵化、机械的过程，而是一个鲜活、有机的过程，唯有实现"创造性转化"和"创新性发展"，优秀传统文化的内涵与魅力才会真正被认知、被阐发，才能真正融入当代文明、成为当代精神。年初，中办、国办印发了《关于实施中华优秀传统文化传承发展工程的意见》，明确了优秀传统文化传承发展的重要意义、总体要求、主要内容和重点任务，其中对深入阐发传统文化精髓、贯串国民教育始终、保护传承文化遗产、滋养文艺创作、融入生产生活等，都作了具有极强指导性和针对性的表述。在这些面向全民全社会的内容和任务中，媒体娱乐平台不但不可置身事外,而且应该深度介入,成为"以美育人、以文化人"的主力。从《中国诗词大会》的成功看,主流媒体的公信力和号召力是强大的,能让人们认知诗词的"有用";娱乐文化的生命力和影响力是广泛的,让人们享受交流的"有趣"。传统内容与时尚娱乐的合体,如同杠杆一般撬动了诗词的"扩群",终能将"群"的欢乐变为一条条通向高尚的梯子,引导社会大众兴高采烈、摩肩接踵地攀上去、攀上去。

以此要求来看《中国诗词大会》,当然有进阶和改善的空间。比如格律知识的拓展。尽管选手们熟读诗词,但他们中熟稔平仄、用韵、对仗等格律技巧的还是不多。仍以武姑娘为例,她在第8轮追逐赛第3题失利(考题为李商隐七律《马嵬》尾联"如何四纪为天子,不及卢家有莫愁",要求选手填写"纪"字。武亦姝在"季""时"二字中选择了"时"),原因除不知道"纪"这一文史知识外,也暴露了不熟悉律诗平仄安排的问题。否则虽同样是错,她也是用"季"而舍"时"的——事实上,"知其然而不知其所以然"的情况在诗词学习中十分普遍,岂止中小学生,更有不少教授学者。

又如节目氛围的营造。尽管加注了不少心灵抚慰剂和诙谐俏皮话,但仍无法掩饰整个节目"实力说话""优胜劣汰"的调子。中华民族当然崇尚"勇者胜",但更主张"和为贵","勇者胜"是"和为贵"的手段,何况是斗诗和赛词。不妨看看《红楼梦》中才子才女们的联句、对句及步韵相和,那闲适的欢愉,那精巧的默契,即使偶带机锋,也是柔软而芳馨的会心一笑。何不稍微引带几分,化入节目氛围之中?毋庸讳言,中国的电视娱乐节目多受西方模式的影响,加上收视率等市场因素推波助澜,虽常常实现脱胎,但往往未能换骨——寻求刺激、制造对抗、营造紧张气氛、提倡强力征服的思维在不知不觉中在意识中积淀下来,在节目中散发开去。人们有理由相信节目能让一大批青少年摩拳擦掌、跃跃欲试,也有理由相信节目会使另一大批青少年望而生畏、却步不前,而将"诗词量"当做

"词汇量"来死记和硬背的情况，恐也不少。这将使人们对诗词性质的认知产生偏差。这种担忧，在其他的主题娱乐节目（包括汉字和成语主题娱乐节目）中几乎没有，却在这次诗词主题娱乐节目中变得明显。究其原因，恐怕在于，诗词与纯粹的知识或技能有别，它不是属于个人的收藏，不是用来炫耀的财富，更不是征服对手的武器，而是一种发自心灵的修养、呼唤、印证和爱的惺惺相惜。

上海诗词

《诗词大会》之后

● 胡中行

观鱼解牛

　　记得两年前，央视"诗词大会"节目组的编导曾经邀我参加过专题研讨，当时他们就下定决心要打造继汉字大会、成语大会之后的第三个品牌。现在，这个预期目标已经实现。节目播出之时，虽不能说是"万人空巷"，但其收视率之高，在文化类节目中也是令人刮目相看的。尤其在上海，几位选手略出意外的极佳表现，更引起了全市海啸式的反响。人们欣喜地意识到，重拾文化传统，重振民族之魂，已经具备了"天时、地利、人和"的条件，社会风气的根本改变为期不远了。在这一点上，央视一如既往地发挥了很好的引领作用，是功不可没的。

　　作为一个长期从事"诗教"的教师，在为央视节目点赞的同时，想得更多的是如何借诗词大会这股东风，把普及、提升优秀传统文化的工作做得更扎实，更有效。

　　任何事物都是具有两面性的，诗词大会也一样。就本质而言，这档节目还是娱乐性的，所以选手在舞台上主要是展示才艺而不是学习文化，虽说两者不可截然分割，但也绝不可相互替代的。即以娱乐性相对较少、文化味相对更浓的"百家讲坛"而言，充其量也只能起到宣传、引领的作用，而不能代替自身的扎扎实实的文化学习。于是我想到了鲁迅，他的《娜拉出走之后》写得何等精彩，何等深刻。于是我明白了，任何事情的"之后"，都是值得我们小心翼翼地认真思考的。这便是我写这篇文章的动因。

诗词大会之后应该做些什么？这当然是一个见仁见智的问题。在这里我想借用白居易"根情、苗言、花声、实义"的比喻，将其"夺胎而换骨"，来谈一点自己的浅见。

一、背诵是"根"

据我所知，现在的普教界有一种值得反思的倾向，那就是过分地强调主观题而轻视客观题，这样做的结果，就势必会忽略背诵的重要性。中国的学术史上本来就有汉学宋学之争，简而言之，汉学重训诂，注重的是文本解读；宋学重阐发，注重的是思想发挥。两者各有所长，应该互补的。但我认为，宋学应该建立在汉学的基础之上才有意义。你对文本都没有吃透，怎么进行阐发呢？现在似乎是个"宋学"盛行的时代，它的极致，就是一些所谓的文化学者对传统经典的胡言乱语。朱维铮先生曾经批评某位学者"胆子真大"，连根本没有看懂的书也敢随意评说。所以我说这次央视开了一个很好的头，整个诗词大会的亮点就是背诵。一点不错，对国学，对诗词就是要老老实实地背诵，它是学习传统文化的根本，没有这个根，开花结果从何谈起？应该说，这种方法的本身就是一个良好的传统。记得当年留校工作的时候，学校党委的盛华书记找我们谈话，说到要向老一辈学者学习时，他举了章培恒先生的例子，说章先生的学问就是"背"出来的。从《诗经》一直背到《资治通鉴》，日积月累，要不成为大学者也难。我认为，书声琅琅，永远是世界上最美妙的声音，一个充满了正能量的社会，就应该用"琅琅"的读书声，去压倒"沙沙"的麻将声，"哔哔"的游戏机声。

我们千万不要低估了人的背诵能力，一个不识字的演员能够背出整台戏的台词唱词，这绝对不能算是"超能力"。历史上"博闻强记"的人多如牛毛，唐代安史乱中的烈士张巡便是其中之一。韩愈的《张中丞传后叙》中有这样一段记载："（张）巡长七尺余，须髯若神。尝见（于）嵩读《汉书》，谓嵩曰：何为（为什么）久读此？嵩曰：未熟也。巡曰：吾于书读不过三遍，终身不忘也。因（于是）诵嵩所读书，尽卷（读完），不错一字。嵩惊，以为巡偶熟此卷，因乱抽他帙（其他卷）以试，无不尽然（都是如此）。嵩又取架上诸书（其他书），试以问巡，巡应口（随口）诵无疑（无障碍）。"

据我的估算，一个人在小学阶段完成背诵《唐诗三百首》的任务，应该是没有问题的。要知道，《唐诗三百首》本来就是一本"蒙学之书"。

二、理解是"苗"

我的老师陈允吉先生曾经绘声绘色地给我描述过旧时私塾里的读书情景：教书先生据案而坐，案上一书一戒尺，书是自己看的，戒尺是用来打学生手心的。开学一个月，教书先生很悠闲，布置给学生的任务，就是背书。某个学生自认为背出来了，就到老师跟前背，一个滞顿，一记手心。罚下去重背。一个月后，大家都滚瓜烂熟了，老师才开讲。这便是"开蒙"的过程。

此种教学法自有其道理，比起现在那种从概念到概念的演绎，效果不知好了多少。所以我认为，理解就像一棵苗，它是必须长在根上的。但是反过来，根上如果不长苗，那么就只能永远的埋在泥土中，而变得毫无意义。这就是背诵和理解的辩证关系。

说到理解，对我们来说实在是任重而道远。因为我们面临的，是一个文化断层。人们的传统文化知识严重缺失，我实在不忍心再一次举出这样的例子：

几年之前，有个研究中国古典文学的外国学者竟然把《唐诗三百首》当做对付我们中国人的"武器"。他告诉我说，现在中国的年轻人热衷于学外文，所以走在街上经常会有人同他搭讪，希望能借此练习口语。一次在火车上有个大学生来找他，他无意中掏出一本《唐诗三百首》求教，那个学生立即借故跑了。之后他碰到中国人搭讪就用这种办法，竟然屡试不爽。

这件事给我的震动很大，也许就是我后来致力于"诗教"的一个诱因。

无可争辩的是，中华文化博大精深，古诗词更是世界文化中的瑰宝。这同样可以从外国人对它的酷爱中得到印证。我的"文化杂咏一百首"中曾经讲到两件事情：

其一曰"魅力"："古道西风韵最佳，剑桥挥别赴光华。两年休学从头学，魅力无边天净沙。"其下注云："英伦学子柏森文，出身贵族豪门，入剑桥法律专业，三年级矣。忽一日，从友人处闻马致远天净沙，竟为其景其情所迷。遂休学两年来复旦专攻古诗词。中国传统文化之魅力于此可见一斑。此亦可为一味崇洋，妄自菲薄者戒。"

其二曰"震撼"："法兰西有娇娇女，为学中文离故土。有幸解听长恨歌，泪飞顿作倾盆雨。"其下注云："余讲古诗文久矣，某次至长恨歌，且读且解，至玄宗思杨之句：行宫见月伤心色，夜雨闻铃肠断声。忽有一金发碧眼女郎哭失声，四座愕然，良久乃止。询之，为法兰西巴黎七大之研究生，来复旦进修者。由此知长恨歌之震撼力，至大至巨。此亦为中华传统文化魅力之又一例。"

我在讲授诗词时，通常会提出"三性"与"三习"的问题。三性是对我自己的要求，即是准确性、实用性、生动性；三习则是对学员的要求，即是预习、复习、练习。其中的准确性对教师的要求是很高的。因为在古典诗词领域，存在着大量的似是而非的问题。

比如说，诗经与楚辞之间到底有没有过渡形态？因为楚辞的艺术性远高于诗经，在没有外力推动的情况下，这点时间是不可能产生如此重大的飞跃的。这就要求我们用中国文化的二元论来加以解释，也就是中国文化原本是由黄河与长江共同组成的。诗经和楚辞分属两个不同的地域文化系统，两者并不存在明显的传承关系。而两者的最后融合，产生的便是我们辉煌灿烂的中华文化。

再比如，《诗经》中的《硕鼠》的阶级属性问题，教科书上说是奴隶反抗奴隶主的斗争，其说大谬。因为奴隶绝对不会把自己参与生产的东西看成是自己的财产的，他们是真正的无产者。所以《硕鼠》只能是奴隶主内部的斗争，即小奴隶主反抗大奴隶主的斗争。诗经中带有反抗意识的诗篇多属此类。

又比如，唐代三大诗人是谁？我做过调查，绝大部分的人都认为是李白、杜甫、白居易。其实这个答案恰恰是错的，因为白居易与李杜相比，明显的差了一个档次。而真正可与李杜匹敌的，只有王维一人。这在历史上乃是一个共识："吾于天才得李太白，于地才得杜子美，于人才得王摩诘；太白以气韵胜，子美以格律胜，摩诘以理趣胜。"（清徐增《而庵诗话》）、"（王维）自李杜而下，当为第一。"（宋许顗《彦周诗话》）、"玄肃以下诗人，其数什百，语盛唐者，唯高王岑孟四家为最；语四家者，唯右丞公为最。"（明顾起经）

如此等等，不一而足。而这些还仅仅是诗歌史上比较宏观的问题，对具体作品的理解问题更多。限于篇幅，只能再举两例。

其一，许多人都把王昌龄的《从军行》（青海长云暗雪山，孤城遥望玉门关。黄沙百战穿金甲，不破楼兰终不还。）看作是一首爱国主义的诗篇，尤其是后两句，抗敌的决心为人所称道。其实这两句诗是有歧义的，我们也可以把它理解成金甲都被磨穿了，还是回不了家。根据整首诗所营造的悲剧气氛，再加上对王昌龄其他作品的理解，应该得出的结论是，这是一首反对唐王朝穷兵黩武的作品。

其二，杜甫《茅屋为秋风所破歌》中的两句："床头屋漏无干处，雨脚如麻未断绝"。上句往往解读成床头因为屋漏了，所以没有干的地方。这样解释，通则通矣，但总觉得句子稍有未洽，既然掀掉了三重茅，难道仅仅是床头湿了吗？这里的关键是"屋漏"两字，《尔雅·释宫》："西南隅谓之奥，西北隅谓之屋漏，东北隅谓之宧（音怡）……"《辞源》："房子的西北角。古人设床在屋的北窗旁，因西北角上开有天窗，日光由此照射入室，故称屋漏。"所以，杜甫在这里是说，床头、屋漏等处全都被雨打湿了。

三、创作是"花"

诗词大会结束后，不少朋友提出今后的大会应该加上创作，或者干脆另搞一个"诗词创作大会"。我不同意这种说法。以现状而言，全国性、省市级乃至地区街道、企业学校，诗词创作大奖赛搞得还少吗？结果又如何呢？关键在于创作不可能有量化的标准，这就如同美女一样，"天下第一美女"的称号是只能自封的。我一直说，喜欢李白的很难喜欢杜甫，反之亦然。有人说，我两个都喜欢，我说这只能说明你没有入门，是个"菜鸟"。这就像《红楼梦》的拥林派与拥薛派，泾渭是如此的分明。如果有人说两个我都爱，那只能说明你是个"色狼"。

创作上的评判标准是永远无法统一的，比如"三曹"的孰优孰劣问题，也是迄无定论。钟嵘的《诗品》，把曹植尊为上品，曹丕列为中品，曹操则是下品。但刘勰则为曹丕鸣不平，他在《文心雕龙》中说道："魏文（曹丕）之才，洋洋清绮。旧谈抑（贬）之，谓去植（曹植）千里。然子建（曹植）思捷而才隽，诗丽而表逸。子桓（曹丕）虑详而力缓，故不竞于先鸣。文帝（曹丕）以位尊减才，思王（曹植）以势窘益价，未为笃论（确论）也。"而近代学者刘永济则竭力为曹操翻案："唯列孟德（曹操）于下品，以为劣于二子，则不免囿于重文轻质之见。实则武帝（曹操）雄才雅量，远非二子所及。虽篇章无多，而情韵弥厚。悲而能壮，质而不野。无意于工，而自然谐美，犹有汉人遗风。此乃天机人力之分，非可同日而语也。"所以我说，如果"诗词创作大会"请出李白杜甫做嘉宾，做评委，他们一定会相互掐架，闹得不可开交的。

我说创作是花，花是应该长在根苗的基础之上的。它是整个学习诗词过程中的一个环节。在这个过程中，"知行并举"是十分重要的。知而不行，终觉"隔"；行而不知，终觉"薄"。

这次大会终了时，有位评委雅兴未尽，当众吟了一首"原创"，一下子露了馅。我认为问题的讽刺性不在于这位评委不会写诗，而在于他居然并不知道自己不会写诗。归根到底，问题还是出在对古典缺乏应有的敬畏之心。根据我的实践，学会格律并不难，令人不解的是，作为诗词大会的评委，又是古典文学的专家，为什么不去学一学呢？

现在，诗词创作很热，据不完全统计，全国的诗词创作者多达二百多万。但是真正会写的（不是说写得好的）恐怕百不及一。

这就牵涉到诗词创作究竟为什么的问题。我的观点很明确，创作就是为了传承。最近中央的精神，也正是为了传承中华民族优秀的文化。我们创作诗词，并不是为了在当今的文坛上出几个李白杜甫，实际上也绝对出不了李白杜甫，这是因为李白杜甫的时代早已过去。当今社会之所以提倡诗词创作，目的只有一个，那就是为了更好地继承弘扬我们的中华文明。

四、做人是"果"

学习诗词的最终目的，就是为了学习做人。这就是所谓的"诗教"。所以在学习诗词的整个环节中，最后也是最重要的一环便是"果"，便是怎样做人。诗歌与为人处世的关系极其密切，孔子就是把《诗经》作为一本教科书的，他说："小子何莫学夫诗？《诗》可以兴（提高文学修养），可以观（提高观察能力），可以群（提高与人交往的能力），可以怨（把握批评的尺度）。迩之事父，远之事君；多识鸟兽草木之名。"在另外一个场合，他又教导自己的儿子说："不学诗，无以言"。可见，诗教在育人树人方面起着极其重要的作用。这是因为，诗歌是人们最喜闻乐见、易诵易记的文学样式，从小背诵、天天背诵，自然能起到潜移默化的作用。比如著名的《二十四孝图》，就是以诗配画而大行于世的。在二十四孝中，最使我感动的是黄庭坚的故事。黄庭坚，北宋分宁（今江西修水）人，著名诗人、学者和书法家。虽然身居高位，侍奉母亲却竭尽孝诚，每天晚上，都亲自为母亲洗涤马桶，没有一天忘记儿子应尽的职责。为这件事所配的诗曰："贵显闻天下，平生孝事亲。亲自涤溺器，不用婢妾人。"一首小诗，概括了黄庭坚的孝道，令人过目难忘。

有些诗词作品，具有很好的警策作用，是可以作为我们生活中的座右铭的。比如欧阳修的《画眉鸟》："百啭千声随意移，山花红紫树高低。始知锁向金笼听，不及林间自在啼。"这首诗不仅仅道出了自由的无价，对于当今社会存在的"金丝鸟"现象，也是一种警示。

这类例子举不胜举，的确是需要我们好好学习的。

徐渭"自迸明珠打雀儿"
明朝画家题画诗选赏之二

● 傅 震

观

鱼

解

牛

　　徐渭（1521～1593），字文长，号青藤老人，明朝嘉靖年间人。幼小时生母遭家人驱逐，饱受母子分离之苦。但自小天资聪颖，六岁受《大学》，九岁能文，十二岁操琴，十五岁习剑骑射，被誉为神童。他自负才略，科举却又屡试不中，深陷羞恼。他诗书画俱佳，称绝一时。又娴熟兵书，曾为闽浙督师抗倭兵部右侍郎胡宗宪幕僚。多有献策，俾倪当世。然不久，胡宗宪即被陷于严嵩死党之案，投于狱中自尽。徐渭就此窘况难解，孤鸿野鹤，流落江阴，抑郁日久，精神错乱。九次自杀，锥刺贯耳，甚至斧劈头颅，锤击睾卵，皆不得其死。后又误杀继室，坐狱七年，经朋友相救，方脱枷衣。

　　如此这番繁华落尽，际遇坎坷，求死不得，苟且又窝囊景况下的徐渭，却偏偏又满腹经纶，才艺超群。如果说世界上只有一个怀才不遇的名额，那也非徐渭莫属了，因为连死神都嫌弃他。可想而知，他那些诗书画三绝的作品中，每一笔，每一划，每一字怎么不是"强心铁骨，与夫一种垒块不平之气"呢？他写了讽刺剧《歌代啸》："独立书斋啸晚风。"如此心情，悲歌代狂啸。被汤显祖誉为明杂剧第一的《四声猿》，就是徐渭内心悲哀的宣泄。徐渭《四声猿》剧名的典故来自于杜甫"听猿实下三声泪"，以及郦道元《水经注》"巴东三峡巫峡长，猿鸣三声泪占裳"之句。据说猿鸣三声已是哀痛极致，哭到第四声便伤心而死。

这样的性情和他出众的才艺相融合，傲世独行风格的作品便喷涌而出。山水人物，牡丹竹石，芭蕉莲叶，秋菊螃蟹，梅花佛手，率性泼染，别出心裁。上海博物馆藏有他的《四季花卉图》，下款"鹅鼻山农"，把四季不同的夏日芭蕉，冬梅，兰草和牡丹放在一起。意寓天道无常，欲夺造化之神奇，徐渭用艺术想像创造了他的美好人间。此画的题画诗曰：

老夫游戏墨淋漓，花草都将杂四时。
莫怪画图差两笔，近来天道觳差池。觳就是够和满的意思。难怪徐渭喜用"天池"，"天池上人"的外号。

台北故宫博物院藏有他的一幅《榴石图》，笔走轻灵，庖丁解牛，时破时断，牵丝流动，笔锋巧劲濡湿墨线，挥划出枝干秀叶，墨染成丰满爆裂石榴，信手点上颗颗榴粒，若母蚌藏珠。他自题诗曰：

山深熟石榴，向阳便开口。
深山少人收，颗颗明珠走。

署名文长。此诗写到"珠"字时，字形特大，胸臆充满自豪，自负和不平之气。行笔到"走"字时，却黯然神伤收笔。特别是署名文长二字，上下连笔而就，像个哀字。徐渭以石榴喻明珠，世间无人摘，山深无人收。一个"走"字何等的无奈和不甘啊。文长当然只有"哀"了。但毕竟是徐青藤，怎甘就此"走"？他在《写生册》中的水墨石榴图上来了个回马枪，写出一联：

山深秋老无人摘，自迸明珠打雀儿。

妙不可言，好一个"迸"字，积聚了多少郁闷和不甘，一"迸"而出，冲天之力啊。"自迸明珠打雀儿"，自嘲自解，郁闷自有宽慰时。写到此处，我想说的是，"文人画"自宋朝形成格局脱颖而出，在于画家个性或心的自然流露，除见识于绘画，更见识于画上题诗、书法。观文人画，需懂文人心。然如《金刚经》所云，过去，未来，现在心皆不可得。心如流水，前浪后浪，无处可觅，人心多在五蕴流连牵转。艺术亦然，艺心沉浮，画家心中，起伏着许多世间缚缠住的痴嗔，显隐于作品内的画意、诗心、书法。上述徐渭的作品，通过诗书画三者汇聚的赏析，才能探触走近画家的主题。因而题画诗无疑是探秘画家心路的一把钥匙。

徐渭除了用石榴寓喻文人才华似明珠，他更喜欢用葡萄这个意象。上海博物馆收藏他的一幅《水墨葡萄》，上有徐渭自题一联：

那堪明月三五夜，照见冰丸一两攒。

月望十五之夜，天空一轮明月，圆满皎亮，照见葡萄攒聚如丸，月圆人缺，情何以堪。上述这联在台北博物院藏的徐渭《写生册》中的水墨葡萄图里也有。这是古代文人题画诗的一个特征，一诗二用，一诗多用。比如北京故宫博物院的《墨花九段卷之二》中的水墨葡萄图，以及中国国家博物馆《杂花卷》中的水墨葡萄图都有如下一首题画诗：

昨夜中秋月倍圆，海南蚌母不成眠。
明珠一夜无人管，迸向谁家壁上悬。

月圆人缺已是难堪，中秋之月倍圆，更令徐渭这怀珠不遇之人夜不成眠。

最精彩的《水墨葡萄》是收藏于北京故宫博物院的一幅立轴。泼墨渲染，墨分五色，干湿浓淡焦，互用互补，层次分明。藤蔓四散，圈勾出连串圆润点墨葡萄。枝果相牵，悬命如丝，然颗颗晶莹，有若明亮珍珠。粗枝大叶下，看似护持，实为遮掩，难见天日。全图构局，藤干自右横出，枝叶散展如扇，伸入左方，戛然而断，枝尽意无穷；再自左从上转下，垂悬另一串叶底葡萄，果实逸出纸外，枝末其力似不胜，直沉左下角，亦是余意不尽。画面左上方，题画诗书法欹斜偏倚不定，然湿墨收放自如，刚柔并济，棱角之间，圆融自得，"笔意奔放如其诗，苍劲中姿媚跃出"。其诗如下：

半生落魄已成翁，独立书斋啸晚风。
笔底明珠无处卖，闲抛闲掷野藤中。

字是好字，诗是好诗。首两句先声夺人，落魄中有得意处，半生已过可称翁，日暮反而气势强，独啸书斋晚风中。徐渭钟爱王维诗画，我揣摩他也偏爱"沧海月明珠有泪"吧。明珠无人识，寒谷孤芳冷。徐渭晚年潦倒病死在稻草稿卷之中，惟有一狗相伴。他临终前编写自己的年谱曰《畸谱》，不幸言中，他怎料中国文人被闲抛闲掷的畸谱，还其路漫漫……

图书在版编目（CIP）数据

上海诗词. 2017. 第 1 卷：总第 15 卷 / 上海诗词学会编. -- 上海：上海三联书店，2017.7
ISBN 978-7-5426-5942-2

Ⅰ.①上… Ⅱ.①上… Ⅲ.①诗词 – 作品集 – 中国 – 当代 Ⅳ.①I227

中国版本图书馆 CIP 数据核字（2017）第 139468 号

上海诗词

主　　编 / 褚水敖　陈鹏举
编　　者 / 上海诗词学会

责任编辑 / 方　舟
特约审读 / 周大成
装帧设计 / 方　舟
监　　制 / 姚　军
责任校对 / 张大伟
校　　对 / 莲　子
统　　筹 / 7312·舟父图书传媒工作室

出版发行 / 上海三联书店
　　　　（201199）中国上海市都市路 4855 号 2 座 10 楼
邮购电话 / 021-22895557
印　　刷 / 上海惠敦科技印务有限公司

版　　次 / 2017 年 7 月第 1 版
印　　次 / 2017 年 7 月第 1 次印刷
开　　本 / 787×1092　1/16
字　　数 / 220 千字
印　　张 / 12.25
书　　号 / ISBN 978-7-5426-5942-2/I·1244
定　　价 / 36.00 元

敬启读者，如发现有书有印装质量问题，请与印刷厂联系 021-56475597